虹と雷《いかずち》の鱗《うろこ》

少年花嫁《ブライド》

岡野麻里安

white heart

講談社X文庫

目次

物紹介

●松浦《まつうら》忍《しのぶ》

都内の高校に通う十八歳の美少年。失われた玉川家《たまがわけ》の末裔《まつえい》で、夜の世界の三種《さんしゅ》の神《じん》器《ぎ》の一つ「生玉《いくたま》」の継承者。龍神《りゅうじん》にかけられた呪《のろ》いで、初対面の相手からは十中八九、女と間違われる。御剣香司の婚約者を演じる代わりにつづけられてきた、呪いを解く清めの儀は終わりに近づいている。晴れて恋人同士となった香司とは順調だが、二人の未来に不安も覚えている。

●御剣香司《みつるぎこうじ》

陰陽師《おんみょうじ》の香道・御剣流の次期家元で三種の神器「八握剣《やつかのつるぎ》」の継承者。この春から大学に進学し、人気雑誌のトップモデル「伽羅《きゃら》」としても活躍している。絶大な霊力と美貌《びぼう》の持ち主。傲岸不遜《ごうがんふそん》な性格で、一見、何不自由のない御曹司《おんぞうし》だが、実は愛人の子。紆《う》余曲折《よきょくせつ》の末に想《おも》いが通じあった忍を心から愛し、慈《いつく》しんでいる。恋敵《こいがたき》である綾人の存在には、やきもきする時もある。

登場人

●鏡野綾人《かがみのあやと》

大蛇《おろち》一族の当主で三種の神器「辺津鏡《へつかがみ》」の継承者。忍に想いを寄せている。

●鏡野継彦《つぐひこ》

綾人の叔父《おじ》。暗黒の帝王〈闇《やみ》の言霊主《ことだまぬし》〉になるため、三種の神器を狙《ねら》う。

●鏡野静香《しずか》

出雲《いずも》にある鏡野分家の長女。綾人を慕《した》う清楚《せいそ》な美少女だが、極度の方向音痴《おんち》。

●御霊丸《ごりょうまる》

忍に呪いをかけた大井川《おおいがわ》の龍神。継彦に玉鱗《ぎょくりん》を奪われ、正気を失《な》くしている。

●戸隠《とがくし》

継彦に仕える軍師。同族からも恐れられ、忌《い》み嫌《きら》われるほどの冷酷《れいこく》非情な妖《あやかし》。

●定礎蘭丸《ていそらんまる》

月兎《げっと》学園高等部二年の少年。大富豪・定礎一族の次男坊で目立ちたがりな性格。

●月極蒼士郎《げっきょくそうしろう》

蘭丸の同級生で、不動産王の孫。甘やかされて育った身勝手で傲岸不遜な少年。

●建売樹也《たてうりみきや》

政治家の父を持つ優柔不断な少年。蘭丸、蒼士郎と共に学園の三帝と呼ばれる。

イラストレーション／穂波《ほなみ》ゆきね

虹と雷《いかずち》の鱗《うろこ》

少年花嫁《ブライド》

序章

早朝の出雲《いずも》――松江《まつえ》駅前には、霧が立ちこめていた。

走り出す列車の音が、静寂のなかに響きわたる。

山陰本線の高架のむこうに、一畑《いちはた》百貨店や松江テルサのビルがうっすらと霞《かす》んで見える。

カツン……カツン……。

駅のほうから、複数の足音が近づいてくる。

霧をまとって現れたのは、長身の少年と小柄で華奢《きやしゃ》な少年だ。長身の少年は、黒いボストンバッグを持っている。

小柄な少年は、やわらかな栗色《くりいろ》の髪と陽《ひ》に焼けた肌の持ち主だ。ぱっちりした目は、綺《き》麗《れい》な茶色。

愛らしい顔は、一見すると少女のように見える。

身につけているのは、どこかの制服らしい黒いブレザーとベージュの綿のコート。白い綿シャツの衿《えり》もとには、ワインレッドのボウタイがきちんと結ばれていた。

この少年の名は、松浦忍《まつうらしのぶ》という。

東京、港《みなと》区にある紫文《しぶん》学園高校の三年生だが、童顔なせいか、いまだに中学生に間違えられることも多い。

父は国際線のパイロット、母はカリスマ主婦で料理研究家の松浦春佳《はるか》。兄弟はいない。可愛《かわい》がられて育った忍は、屈託のない明るい性格の持ち主だ。友人も多く、学校では下級生にまで「可愛い」と言われ、アイドル視されている。

今年の春先には若者むけブランド、Ｇｉｐ《ジップ》のＣＭで「謎《なぞ》の美少女モデル」としてデビューし、一躍大ブレイクしてしまった。

だが、当人は「女心を惑わせるような危険な男」に憧《あこが》れている。

憧れの人は、高倉健《たかくらけん》である。

「意外と寒いな。……大丈夫か、忍？」

ボソリと尋ねたのは、長身の少年だ。

漆黒の髪と黒い瞳《ひとみ》、透きとおるように白い肌。怖いくらい整った顔だち。

均整のとれた身体《からだ》を包むのは、黒いスーツと黒いトレンチコートだ。

彼の名は、御剣香司《みつるぎこうじ》。

都内の一流私大の一年生で、現役のトップモデルである。

モデルとしての芸名は伽羅《きやら》。若者むけの人気雑誌「ＡＸ」と専属契約を結んでいて、テレビＣＭでも引っ張りだこだ。

香司の父、御剣倫太郎《りんたろう》は陰陽師《おんみようじ》の香道、御剣流の家元で、人と妖《あやかし》、二つの世界の仲介者としての重責を担《にな》っている。

やがて、香司も御剣家を継ぎ、花嫁を迎え、御剣の血を子孫たちに伝えていかねばならない立場だった。

「うん。飛行機んなかで弁当食えたし」

忍は、こっくりとうなずいた。

「むこうに行ってから、あんまりがっつくなよ。怪しまれるかもしれん」

苦笑して、香司が言う。

他の人間には傲慢《ごうまん》だとか冷たいなどと思われがちな彼だが、忍に対してだけは優しい眼差《まなざ》しをむける。

というのも、香司と忍は去年の冬から婚約していたからだ。

もちろん、男同士で結婚できるはずがない。婚約というのは偽装だった。

発端は、去年の十二月。

香司は御剣家を継ぐため、十八の誕生日に婚約し、それを内外の人間や妖たちに披露する披露の儀を開くことになっていた。

しかし、香司の婚約者は披露の儀の当日に「破談にしてくれ」という書き置きを残し、逃亡してしまった。

そこで白羽の矢が立ったのが、たまたま、その日、香司と出会った忍である。

実は、忍には当人も知らないことだったが、「女に見える呪《のろ》い」がかかっていたのだ。

御剣家はその呪いを解く清めの儀を行う代わりに、三ヵ月間だけ、香司の婚約者のふりをしてくれるように頼みこんできた。

当初、忍は嫌がったが、結局は御剣家の意向に従い、「未来の若奥さま」として七十数人の使用人たちにかしずかれながら花嫁修業することになった。

そして、いくつかの事件を解決するうちに香司とのあいだに信頼関係が芽生え、いつの間にか、信頼は愛情へと変わっていった。

二人が初めて肌をあわせたのは、今年の夏のことである。

どちらも婚約は偽装だとわかっていたが、互いへの想《おも》いを止めることはできなかったのだ。

百日百夜のあいだ、清めの香をたきつづければ、忍の呪いは解け、晴れて男に見えるようになるはずだ。

だが、清めの儀はリセットを繰り返し、現在は五回目を迎えている。

五回目の清めの儀は今のところ、順調に進んでいた。運命の百日目は、十一月下旬の予定である。

（なんだよ。がっつくって……）

「大丈夫だよ。……じゃあ、オレ、行くから」

忍は、香司のほうに手をのばした。

香司がボストンバッグを手渡す。

「重いぞ。……学校まで、横山《よこやま》をつけてもよかったんだが」

横山というのは公家顔《くげがお》の中年男性で、香司の付き人だ。

出雲空港に着く時までは一緒だったのだが、その後はわけあって別行動になっている。

「いいよ。それこそ、怪しまれる。……じゃあな」

忍は微笑《ほほえ》み、ボストンバッグを持って恋人に背をむけた。

「忍」

少し歩いたところで、後ろから香司が呼びかけてくる。

「ん？　何？」

振り返ると、黒髪の少年は少し心配そうな顔で、こちらを見ていた。

「また後でな」

「うん。また後で」

（香司も心配性だな。これっきり、もう会えねえわけでもねえのに……）

忍は香司にむかって軽く手をあげてみせ、今度こそ振り返らずに歩きだした。

＊　　　＊

濃い霧は、しだいに晴れていく。

やがて、忍の行く手に西洋の古城のような重厚な門が現れた。

門には、兎《うさぎ》を象《かたど》った校章と「月兎《げっと》学園高等学校」の文字が浮き彫りになっていた。

(すげえ……。これが全寮制高校かよ)

忍は門を見上げ、はあ……とため息をついた。

(なんで、オレ、こんなとこに来ちまったかなあ……。いや、今さら、そんなこと言ってもしょうがねえ。がんばらねえと)

一つ深呼吸をして、忍は月兎学園の門をくぐった。

第一章　潜入調査開始

秋の陽《ひ》が原宿《はらじゆく》、表参道《おもてさんどう》のケヤキ並木を照らしだしている。
松浦忍《まつうらしのぶ》が出雲《いずも》の月兎《げっと》学園の門をくぐるより、半月ほど前のことである。
（ん……いい天気。こういう日は、香司《こうじ》とのんびり散歩したかったなあ）
人通りの多い表参道を歩きながら、忍は青い空を見上げた。
いつの間にか秋も深まり、街にはジャケットやコート姿の人が目立ちはじめている。
十月の半ば。
陽射しはまだ強いが、風はだいぶ冷たくなっている。
せっかくの土曜日なのに、香司はモデルとしての仕事で家を空けていた。
しかたなく、一人で原宿にやってきた忍である。
（一人じゃつまんねえなあ。五十嵐《いがらし》たちにメールして呼びだそうかな）
五十嵐というのは、忍の親友で同級生だ。
やはり同級生の桜田門春彦《さくらだもんはるひこ》、片倉優樹《かたくらゆうき》の三人でいつもつるんで遊び歩いている。

ふらふら歩いていた忍の目に、ふとラフォーレ原宿前の巨大な看板が飛びこんできた。

（おおっ！　すげえ！）

看板は、新発売の緑茶の広告だった。

渋い着物姿の香司——伽羅《きゃら》が、金色の舞扇を手にしてポーズを決めている。香司の背景には、紅葉が美しい京都の寺がある。

さすがに御剣《みつるぎ》家で着物を着慣れているだけあって、さまになっていた。

看板の前には、三、四人の女の子たちの姿があった。みな、うっとりとしたように伽羅を見上げ、携帯電話で写真を撮っている。

（そういや、新しいＣＭの仕事入れたって言ってたよな。これかあ……。にしても、なんか恥ずかしいな。……照れる）

見慣れた顔でも、これだけ大きいと迫力が違う。

なんとなく、看板の香司に見つめられているような錯覚を起こして、忍はぷるぷると頭を横にふった。

（照れるなって。あれは、ただの看板なんだから。家に戻れば、本物がいるんだから）

そう思って、忍はまた少し照れた。

みんなの憧《あこが》れの「伽羅」を一人占めできるという状況は、悪くはない。

（帰ったら、触らせてもらおうっと。髪とか手とか）

もちろん、いきなりそんなことをしたら、香司が喜んでしまって大変なことになりそうだが。

(あれ?)

ふと、忍は看板から少し離れたところにいる一人の少女に気がついた。

見たところ、十四、五くらいだろうか。

今時めずらしいくらい清楚《せいそ》な美少女である。

背中までたらしたストレートの黒髪、ツイードのジャケットとスカート。ジャケットとスカートはどちらも灰色で、袖口《そでぐち》とポケットに赤い縁取りがある。

身体《からだ》つきは華奢《きゃしゃ》で、首と手足がすんなりと長い。

一昔前のお嬢さんといった雰囲気のせいか、少女は賑《にぎ》やかな原宿の街から浮きあがって見えた。

(けっこう可愛《かわい》いな……。でも、なんか、原宿、歩き慣れてねえって感じ)

少女は巨大な伽羅の看板を見あげ、頬《ほお》を染めていた。

少しでも看板に近づこうとしているらしいのだが、人の流れにうまく乗れず、他人の通行の邪魔になってぶつかったり、道の真ん中で途方に暮れたように立ち止まったりしている。

(あーあ……あんなとこで止まったら邪魔だぞ)

通りすがりのカップルが、少女を押しのけるようにして歩いていく。

「きゃっ……」

少女はよろめき、ガードレールの側《そば》に膝《ひざ》をついた。

だが、誰《だれ》も助けようとはしない。

（なんだよ。あんなに可愛いのに、みんなシカトしちまって。よーし、オレが助けてやる）

忍は人混《ひとご》みをかきわけ、少女に駆けよった。

周囲の人間たちは忍を見、「芸能人？」「どっかで見た顔じゃない？」などとヒソヒソ言っている。

まわりには、忍自身も「女に見える呪《のろ》い」のせいで絶世の美少女に見えているのだ。

もっとも、忍にはそんなことはわからない。

「あの……大丈夫ですか？」

膝をついた少女に手をさしだすと、相手は戸惑ったように忍を見上げ、微笑《ほほえ》んで立ちあがった。

「大丈夫です。ありがとうございます」

（いや、ぜんぜん大丈夫じゃねえだろ）

「原宿は初めて？」

忍の言葉に、少女は不思議そうにあたりを見まわした。

「ここが原宿なのですか？　原宿という地名は聞いたことはあったのですけれど、こんなところだったんですね」

「え？　知らないで歩いてたのか……!?」

「ええ……」

初めて地方から憧れの原宿にやってきて、道がわからずに困っているのだろうと思ったのだが、違ったようだ。

「えーと……じゃあ、本当はどこに行きたかったんですか？」

（この近くなら、渋谷《しぶや》とか青山《あおやま》か？）

「向島《むこうじま》です」

忍の予想とはまったく違う地名が、少女の口から飛び出す。

「向島!?　渋いですね」

（時代小説とか古いものが好きなのか？）

向島は、隅田川《すみだがわ》沿いに広がる古い町だ。

付近には隅田公園や向島百花園などがあり、庶民の暮らしの場として親しまれてきた。

昭和二十二年までは、そのあたりは向島区と呼ばれていた。

大蛇《おろち》一族の当主、鏡野綾人《かがみのあやと》の邸宅があるのも向島の一角である。

「渋いでしょうか……。私、よくわからなくて」

少女は、首をかしげてみせる。

「なんで、原宿で降りたりしたんだ？　ぜんぜん方向が違うぞ。向島は浅草《あさくさ》のほうだから、山手線《やまのて》じゃなくて東武伊勢崎線《とうぶいせざき》だろ？　えーと、東武伊勢崎線は浅草から出てるから、上野《うえの》で地下鉄に乗り換えて……」

言いかけると、少女は困ったような顔になった。

忍の説明は、まったく理解できないらしい。

「ごめんなさい。ご親切にありがとうございます」

恥ずかしそうに頭を下げ、そのまま、別の方向に歩きだそうとする。

「あ、ちょっと！」

(他人《ひと》の話聞けよ。……っていうか、このままじゃ、また迷っちまうじゃん)

はあ……とため息をついて、忍は携帯電話の時計を見た。

午後一時を少しまわったところだ。これなら、向島に行ってからでも余裕で夕食までには御剣家に戻れるだろう。

「わかった。向島まで案内してやるよ」

「え……でも、そんなご迷惑はかけられません」

少女は黒目がちの瞳《ひとみ》で忍を見上げ、小さな声で言った。

「いいって。どうせ暇なんだし。……とにかく、山手線の駅のほうに行こう。このまま行ったら、青山通りになっちまう」

忍の言葉づかいを聞いて、少女は可憐《かれん》な仕草で首をかしげた。

女にしか見えない忍が、男のようなしゃべりかたをするのが気になったらしい。

だが、それ以上、何も言わず、忍の後から一生懸命歩きだす。

＊　　＊

「えーと、行き先は向島のどこだ？」

（向島についても油断できねえな。目的地まで、しっかり送り届けねえと）

我ながら親切だなと思いながら、忍は尋ねた。

相手が女の子でなければ、ここまで面倒はみないのだが。

（……っていうか、野郎に親切にするとなんか変に勘違いされるからな）

「従兄《いとこ》の家です。近くまで行けば、わかると思うんですけれど」

「住所は知らねえのか？」

「住所？」

不思議そうな顔になって、少女が呟《つぶや》く。

二人は、地下鉄で上野から浅草にむかっていた。

(従兄の家なのに、住所知らねえのか？　大丈夫か、この子)

忍は、だんだん不安になってきた。

もしかしたら、ただ道に迷っていただけではないのではないだろうか。

「親戚《しんせき》なら、年賀状のやりとりくらいするだろ？　その時に住所書いてないのか？」

「年賀状は……出しません」

「あ、そう……」

黙りこんだ忍を、少女が困ったような顔で見あげている。

やがて、二人は東武伊勢崎線の電車に乗り換えた。

見慣れない街並みのなかを、古びた電車は進んでいく。

「ええと……家は東京？」

忍は、なんとか話題をひねりだした。

「いえ、出雲です」

「出雲!?」

忍は、目を見開いた。

(すげー遠くから来てるんだ)

「初めて新幹線に乗ったんですけど、あれも難しいのですね」

「新幹線初めて？　えーと……修学旅行とかで乗ったりしなかったのか？」

「学校は行っていません」

「え？　あ……そうなんだ……。ごめんな。悪いこと訊《き》いちまった」

（そう見えねえけど、登校拒否なのか？　年賀状も出さねえって……。こんなに美人なのに……もったいねえ。きっと、何か深いわけがあるんだな）

心のなかで、忍はため息をついた。

原宿で困っている女の子を見つけて、送っていく羽目になったと香司に話せば、きっと「バカ」と言われてしまうだろう。

（オレも……ちょっとはバカだと思うけどさ。なんか、すげぇ危なっかしいし、放《ほう》っておけねえじゃん）

その後もおっかなびっくりの会話をつづけているうちに、電車は目的の駅──東向島駅に到着した。

＊　　＊

「で？　ここが目的地？」

立派な檜《ひのき》の門の前で、忍はまじまじと少女を見つめていた。

門のむこうには、見事な日本庭園が広がっている。

少女の言うとおりに歩いていたら、浅草のほうまで行ってしまったので、また向島に戻ってきて、やりなおした後である。

(ここ、知ってるし……。鏡野さんちだし。……従兄って言ったよな。まさか、鏡野さんの従妹《いとこ》なのか？　それにしちゃ、すげぇおとなしそうっていうか……)

ぐるぐるしている忍の横で、少女は困ったような顔で首をかしげている。

「たぶん……そうだと思うのですけれど」

(たぶんって……)

「大丈夫か……しら」

鏡野綾人の親戚ならば、男言葉を使うのはまずい。

忍はとっさに、女言葉に切り替えた。

(えーと……今までのしゃべり、忘れてくんねぇかな。無理か)

その時、忍の背後から、やわらかな声がした。

「やあ、君たち、うちの前で何をやっているんだい？」

(え？　この声……！)

忍は、勢いよく振り返った。

そこには、長身の美青年が立っていた。

やや長めの栗色《くりいろ》の髪と陽に焼けた肌、黒い瞳。王子のように端正な顔だちだが、どことなく遊んでいそうな雰囲気がある。

見たところ、歳《とし》は二十一、二。

均整のとれた身体を包むのは細身のジーンズとスタンドカラーの綿シャツ、それにユーズドふうの渋い赤のレザージャケットだ。

綿シャツは赤、クリームイエロー、黒のストライプである。

この青年が、鏡野綾人。

大蛇一族の若き当主で、夜の世界の三種《さんしゅ》の神器《じんぎ》の一つ、辺津鏡《へつかがみ》の継承者である。

陰謀好きで冷血な一族のなかでは、綾人は変わり者として知られている。

性格は飄々《ひょうひょう》としていて、つかみどころがない。

忍に対しては初対面の時から軟派な言動をくりかえしてきたが、ある時点から本気になったようだ。

——こんなことを言うつもりはなかったんだが……。許してくれないだろうか。忍さん、君が男でも女でもかまわない。ぼくの側にいてほしい。

数ヵ月前、綾人は忍の前に膝をつき、真剣な目でプロポーズしてきたのだ。

忍は断ったが、綾人はまだあきらめていないらしい。

その後も、機会を見つけては熱烈なアプローチをくりかえしてくる。

「か……鏡野さん！」

忍の隣の少女が綾人を見、「綾人兄さま」と顔を輝かせる。

（綾人兄さま？　それって、やっぱり親戚？　……っていうか、妹!?　いや、でも、従兄って言ったよな……）

「おや、静香《しずか》。どうしたんだい？　忍さんと一緒だなんて」

「忍さん？　兄さまの知り合いの方だったのですか？」

静香と呼ばれた少女が忍を見、首をかしげる。

「ああ、ご紹介が遅れたね。……忍さん、これはぼくの従妹で鏡野静香という。出雲の鏡野分家の長女だ。静香、こちらは松浦忍さんといって、御剣さんのところの婚約者だ。失礼のないようにね」

「はい、兄さま」

小さくうなずいた静香は、忍にむきなおった。優美な仕草で一礼してみせる。

「ここまでご親切にありがとうございました。あらためまして、はじめまして。静香です。どうぞよろしくお願いいたします」

「あ……。鏡野家のかただったんですか。こちらこそ、はじめまして」

忍は、ペコリと頭を下げた。

（うわ……。大蛇だったんだ。それで学校行ってなかったんだ。年賀状出さなかったたん

だ。なんだ。そういうことだったのか)

静香が、微笑んだ。

「綾人兄さまがいつもお世話になっています。兄さまはこんな性格だから、ご迷惑をおかけしているでしょう?」

「いえ……そんな……迷惑だなんて」

(そりゃあもう、いろいろ迷惑かけられてるけどな。……でも、世話にもなってるし)

今年の夏の事件の時、綾人は忍の大事な友人たちを救うため、何も言わずに辺津鏡をさしだしてくれたのだ。

結局、辺津鏡は綾人の叔父、鏡野継彦《つぐひこ》に奪われ、今なお継彦の手もとにある。

忍はなんとかして辺津鏡を取り戻し、綾人への恩を返したいと思っていた。

返せるあてのない好意をただ素直に受け取るというのは、どうしても抵抗がある。

相手が香司ならば、自分を助けてくれた気持ちを愛《いと》しいと思いこそすれ、「借りを返したい」という感覚にはならないのだが。

「オ……私のほうが、いろいろお世話をおかけしています。すみません……」

綾人が穏やかに促す。

「挨拶《あいさつ》はすんだろう。二人とも、家に入りたまえ。おいしいお茶をいれさせるよ」

静香は「うれしい」と言って、さっさと玄関に入っていった。

（えー……でも……）

「オ……私は帰らないと」

「大丈夫だよ。遅くなったら、ぼくの車で送ってあげる」

「鏡野さんの車でですか？」

（言いたかねえけど、縁起悪《わ》りぃんだよな……）

綾人が車ごと六甲山《ろっこうさん》の崖《がけ》から転落し、「事故死」したと思われていたのはそう昔の話ではない。

「おやおや。ぼくはずいぶん信用がないんだね、姫君」

「信用してないわけじゃないですけど……。車は事故ったばっかりですよね」

忍の言葉に、綾人は笑いだした。

「それもそうだね。じゃあ、誰か家のものに送らせよう。大丈夫。ちゃんと運転できる者にするから」

「え……でも……」

「ぼくとお茶するのが嫌？」

「そういうわけじゃないですけど……」

（バレたら、香司に叱《しか》られるし、毒島《ぶすじま》さんだって……）

毒島というのはぎすぎすした中年女性で、御剣家当主夫人、俊子《としこ》の妹だ。

九月に入ってから、実家に戻ってしまった倰子の代わりに御剣家で忍の教育係を務めている。

毒島は異性関係にうるさく、女だと信じている忍が男性と個人的に会うのを嫌がっている。

綾人とこっそり会ったと知れたら、なんと言われるかわかったものではない。

（はしたないとか、ふしだらとか、いろいろ言われちまうかも……）

どれも、少年である忍にとっては十八年間、無縁のものだった単語である。

「頼むよ、忍さん。静香は、どうやら水脈を使わないで東京まで来たらしい。これは、静香にしては大変なことなんだ。もしかしたら、出雲で御剣家の手を借りなければならないような厄介事が起きているのかもしれない。できれば、君が同席してくれるとありがたいんだけど」

「水脈を使わないで……って？」

（あ、そういえば、大蛇は水性《すいしょう》の妖《あやかし》だから、水脈を伝って離れたところまで移動できるんだよな。え？　じゃあ、静香さん、本当に新幹線で来たのか？）

「たぶん、水脈を使えば、東京に来たのがバレてしまうと判断したんだろう」

綾人は「誰に」という言葉は使わなかった。

だが、忍はなんとなく察しがついた。

継彦は三ヵ月ほど前、綾人に謀反《むほん》を企てて一族を追われ、現在は流浪《るろう》の身になっている。

継彦の目的は夜の世界の三種の神器——鏡野家の辺津鏡、御剣家の八握剣《やつかのつるぎ》、忍の母方の家系である玉川家《たまがわ》の生玉《いくたま》を手に入れ、闇《やみ》の言霊主《ことだまぬし》と呼ばれる暗黒の魔王になること。

忍と香司も今までに何度となく継彦に狙われ、命を落としそうになってきた。

(また、あの野郎、なんか企《たくら》んでるのかよ……)

「わかりました。でも、あんまり長くはお邪魔できませんけど」

「ありがとう、忍さん。すぐにケーキを運ばせるからね」

綾人の言葉に、忍の瞳がキラリと光る。

(ケーキ？　ケーキですか？)

最近は毒島に締めつけられているので、盗み食いのチャンスもほとんどなくなってしまっている。

おかげで、忍はいつも腹を減らしていた。

そのうえ、つい先日、毒島の目の前で浴衣《ゆかた》一枚で体重計に乗せられて、「忍さんは体格のわりには重すぎます。もっと絞らなければ」と減量命令を下されたばかりである。

見た目より体重が重いのは、忍が少年である証拠だ。

同じ体格ならば、少女よりも少年のほうが重いのは自然の摂理というものである。

重いどころか、忍は御剣家で食事制限させられているせいで、少々痩《や》せすぎといってもいい状態だ。

(筋肉のぶん、重いんだよ。しょうがねえじゃん。それに、女より多いところもあるし)

忍は、チラリと下のほうを見た。

女より少ないところがあるのは、都合よく忘れている。

(そもそも、身体が違うんだからさ)

しかし、女のふりをしている身では、そんな言い訳は通らない。

毒島の号令のもと、ただでさえ少ない食事はさらに減らされ、ダンスのレッスンの時間が増やされた。

空腹な忍は、このところ、食べ物の夢ばかり見ていた。

香司にねだって、不器用な手つきでお握りを作ってもらうのが唯一の楽しみだが、それも最近は毒島やメイドたちに邪魔されることが多い。

(ケーキかぁ……)

そういえば、原宿で買い食いでもしようと思っていたのだが、静香に会って、それどころではなくなってしまった。

このまま、エネルギーを補給しないで御剣家に戻れば、またひもじい夜が待っている。

「ケーキですか……。素敵ですね……」

忍の反応に、綾人は楽しげな目になった。

「食いついてきたね。黒すぐりとフランボワーズと苺《いちご》のアントルメなんかどうかな?」

「あんとるめ……?」

(……って、なんだっけ? たしか、おふくろが使ってたから料理用語かなんかだったような……)

「ホールケーキのことだよ。上段はフランボワーズのムース、ビスキュイをはさんで下の段は黒すぐりのムースなんてどうかな。上にはベリー類をたくさんトッピングして、ミントの葉をあしらうんだ。彩《いろど》りが綺麗だから、姫君にはきっとよく似合うよ」

綾人は忍を見下ろし、陽に焼けた手をそっと差し出した。

忍はその手を見、黙って玄関のほうに歩きだした。

(なんだよ。手なんか握んねーぞ)

「つれないなあ、忍さん」

クスクス笑いながら、綾人がついてくる。

玄関を入ると、そこには静香の姿はもうなかった。

鏡野家の使用人らしい着物姿の男が忍と綾人を迎え、丁重に履物《はきもの》をそろえる。

(やっぱ落ち着かねえな)

忍は、ため息をついた。

案内されたのは、綾人の書斎の横の応接室だった。

アンティークのテーブルと椅子《いす》が置かれた部屋は、清潔で居心地がいい。

（あれ？）

そこにも、静香の姿はない。

（どこ行っちまったんだ？）

綾人も首をかしげた。

「静香はどうしたんだ？　いつも、ここに通してお茶を出すはずなんだが」

その時、使用人が慌てたふうにやってきた。

「申し訳ありません、綾人さま。静香さまは、お庭のほうに行かれたようです」

「庭？　ああ、また道に迷ったのか」

綾人は、ため息をついた。

「道に迷った？」

（なんだよ、それ？）

忍の不思議そうな様子に気づいたのか、綾人が説明してくれる。

「うん。静香は重度の方向音痴でね。よく迷わずに東京まで来られたものだと思うよ。

……迎えに行って、こちらまで連れてきてくれないか」

「は……かしこまりました」

使用人は一礼して、走りだす。

(そんなにすげぇ方向音痴なのかよ……。そりゃあ、広い家だけどさ、親戚んちだろ?)

忍は、目をパチクリさせている。

「ほら、不思議なことだと思うだろ。うちのなかでも道に迷うくらいの子が、わざわざ出雲から一人で出てきたんだ。静香にとっては決死の覚悟だったと思うよ」

綾人が静かに言う。

「そう……ですね」

「静香は、きっと、どうしてもぼくに伝えなければいけない用があったんだろう。忍さんが見つけてくれて、助かったよ」

(そんな大事な用件なのに、オレが聞いてていいんだろうか)

迷っているうちに、静香が使用人に連れられて戻ってきた。

少女は、シュンとしたような顔をしている。

「ごめんなさい、綾人兄さま、忍さん。道は知っているつもりだったんだけど……」

「しょうがないね、静香は。それより、お茶でも飲みながら話を聞こう」

綾人が忍と静香をテーブルに案内し、丁寧に椅子を引いてくれる。

(なんかなあ……)

男にエスコートされるのはあちこちむず痒《がゆ》くて落ち着かない気分になるのだが、御剣家の婚約者として来ている以上、断るわけにもいかない。

忍は毒島にさんざん練習させられたとおり、優美な仕草で椅子に腰かけ、背筋をすっとのばした。

綾人が「ほう……」と言いたげな顔になる。

「また一段とレディーらしくなったね、姫君は。素敵だ」

「あら、兄さま、静香は？」

甘えるような口調で、静香が尋ねる。

「もちろん、静香も素敵なレディーだよ。ぼくの大切なお姫さまだ」

「ホントに？　うれしい」

頬を染めて、少女が答える。

忍は心のなかで、ふう……とため息をついていた。

（誰にでも、そんなこと言うんだ。本当に……）

「それで、出雲のほうはどんなふうなんだい、静香？」

使用人たちがケーキと紅茶を持ってきた後、綾人は従妹にむかって優しく尋ねる。

忍の気持ちに気づいているのか、それとも気づいていないのかはわからない。

幸せそうにお茶を飲んでいた静香の表情が、暗くなる。

今しがたまでの元気そうな様子が嘘《うそ》のようだ。

「大変なの」

ポツリと呟《つぶや》いて、少女はうつむいてしまう。

忍と綾人は、顔を見あわせた。

(どうしよう。泣く？　泣いちまう？)

女の子に泣かれると、どうしていいのかわからなくなる。

「何があったか、話してごらん。ぼくで力になれるかどうかはわからないけれど……」

温かな声で、綾人が尋ねる。

「綾人兄さま……私、結婚させられちゃうかもしれないの」

意を決したような顔になって、静香が綾人を見つめる。

(え？)

「結婚⁉」

忍はフォークに刺したケーキを口もとまで持ってきた格好のまま、目を見開いた。

綾人も少し驚いたような顔になっている。

彼にとっても、予想外のことだったらしい。

「結婚って、誰とだい？」

「継彦叔父さまとよ」

（マジかよ⁉）

忍の脳裏に、銀髪の大蛇の顔が浮かんだ。

妖の歳《とし》はよくわからないが、見た目は三十代か四十代という感じだったはずだ。

目の前の若々しい美少女とは、どう見ても釣り合わない。

（まさか、あいつ、ロリコン⁉　……ロリコンですか⁉　マジで⁉）

綾人もめずらしく、眉間《みけん》に皺《しわ》をよせた。

「誰が言いだした話かな、それは？　叔父上？」

「そうよ。叔父さまは、綾人兄さまを当主の座から引きずり下ろしたくて仕方がないの。だから、私と結婚して、私を新当主にして鏡野家を牛耳《ぎゅうじ》りたいんだわ」

「本当かい？　叔父上も、ずいぶん思いきったことを考えたな。たしかに、叔父上がいなくなった今、継承権の第二位は君にあるけれどね」

ため息をついて、綾人が呟く。

「叔父さまははっきりは言わないけれど、私を思いどおりに操る方法を何か考えついたらしいの。だから、私、怖くて……」

「そうだったのか。つらかったね、静香」

「兄さま……」

少女の白い頬に一筋、涙が流れ落ちる。

「私、結婚なんて嫌……。よりによって、叔父さまとだなんて。私が好きなのは……」

言いかけて、静香は首を横にふった。

（え……？　まさか、この子、鏡野さんのことを……？）

少しびっくりして、忍は少女の姿を凝視した。

そんな可能性があることなど、考えもしなかった。

わけもなく胸の鼓動が速くなる。

（そうなんだ……。従妹だったら結婚できるんだよな。……いや、妖同士だから、最初から遺伝子とか関係ねえんだ……）

「助けて、兄さま……。家では見張られているし、水脈も使えないし、このままじゃ、私……」

静香が白い両手で顔を覆う。

綾人が立ちあがり、従妹の華奢な肩をそっと抱きよせた。

少女は綾人の胸に頬を押しあて、切なげに肩を震わせている。

（なんか……オレ、お邪魔じゃん……）

忍は目を伏せ、控えめにケーキをつつきながら、心のなかでため息をついた。

すっかり、お茶会どころではなくなってしまった。

＊　　＊

同じ頃、島根県松江《まつえ》市の郊外で、二つの影が向きあっていた。

片方は、やや長めの銀髪をオールバックにした壮年の紳士——鏡野継彦である。

もう一方は、黒いコートに黒い帽子という黒ずくめの若い男だ。金色の髪を肩までのばしている。肌は青白く、病人のように痩せていた。

この男は、戸隠《とがくし》と呼ばれていた。

もとは大蛇一族の軍師だが、現在は主《あるじ》の継彦に従い、流浪の身となっている。

性格は陰気で酷薄。同族に対してもいっさい容赦しないので、同じ大蛇一族のなかでも怖《おそ》れられ、忌《い》み嫌《きら》われていた。

「静香が逃げただと？」

低い声で、継彦が言う。

「は……。屋敷の者どもは必死に隠しておりましたが、私の目は誤魔化されません。静香さまは、もう松江にはおられません。水脈を使わず、人間どもの乗り物を使って、どこかへ行かれたようです」

「人間どもの乗り物とは、なんだ？」

「はい。おそらく、陸蒸気《おかじょうき》か何かではないかと……」

戸隠の言葉に、継彦は眉根をよせた。

「陸蒸気か。……まあ、いい。とにかく捜せ。一日も早く連れ戻せ」

「はっ」

戸隠は一礼し、地面に沈みこむようにして姿を消した。

残された継彦はダークスーツの肩をすくめ、歩きだした。

「生意気な小娘め。あれの存在に勘づいたとみえる。だが、この私の手から逃げられると思うなよ」

継彦の足もとから霜よりも冷たい妖気《ようき》が立ち上り、渦を巻く。

大蛇の妖気に惹《ひ》きつけられてやってきた小さな妖たちが悲鳴をあげ、散り散りに逃げ惑う。

時は秋。出雲は間もなく、旧暦十月——神在月《かみありづき》を迎えようという季節だった。

＊　　＊

闇《やみ》のなかに、金木犀《きんもくせい》の甘い香りが漂っていた。

忍が原宿で静香と会った日の夜だった。

真夜中の御剣家の庭で、かすかな気配がした。チラッと携帯電話の画面の明かりが見える。

「香司、こっちだ」

声をひそめて、忍は呼びかけた。

忍は満開の金木犀の茂みのなかにいる。このあたりは母屋《おもや》から離れていて、人目につきにくい。

すぐに、スーツ姿の恋人が茂みのなかに潜りこんでくる。

「遅れて、すまん。急に電話がかかってきて」

言いながら、香司が忍の柿色《かきいろ》のセーターの肩に腕をまわす。

忍も、恋人に身をすりよせた。青草に似た香の匂《にお》いが、ふわっと立ち上る。

(香司……)

毒島に監視され、なかなか香司と二人きりで会えないので、最近ではメールのやりとりが多くなっている。

今夜もメールで香司を庭に呼びだした忍だった。

「それで、話したいことというのは?」

香司が不思議そうに尋ねてくる。

「ん……実は、オレ、今日の昼間に原宿で道に迷った女の子を助けたんだけどさ」

忍は、簡単に事情を話した。

隠し事をして揉《も》めるのは、もうたくさんだった。

(香司はオレが鏡野さんと会うのを嫌がってるのに、不可抗力だったけど、こっそり会っちゃった形になっちまったし……。そんなのバレたら、よけいまずいよ)

香司は、黙って忍の話を聞いている。

「……そんなわけで、なんか鏡野家が大変みてぇなんだ」

「そうか」

穏やかな声で、香司が答える。綾人と会った件は、おとがめなしらしい。

忍は、少しホッとした。

「オレ、もう、おまえに隠し事はしねえから」

「だといいがな」

からかうような口調でささやかれ、忍は眉根をよせた。

「なんだよ……!　おまえ、まだ疑ってんのか?」

(オレはおまえだけなのに……)

「美人の婚約者を持つと、心配事が多くてかなわん」

冗談とも本気ともつかない表情で、香司が呟く。

「なっ……!　誰が美人だよ!　オレは男だぞ!」

言いかけた忍の唇に、白い指が軽く触れてきた。

愛撫《あいぶ》のようにそっと。

「声が大きいぞ」

（あ……。やべ）

一瞬、目を見開いた忍を見下ろし、香司はどこか切なげに微笑んだ。

「隠さずに話してくれて、ありがとう」

「あ……うん……」

夜のなかで見る香司の顔は、夢のように綺麗だった。

その唇の温《ぬく》もりと感触を思い出し、忍は頬がカーッと熱くなるのを感じた。

肌をあわせてから、もう四ヵ月近くたつというのに、いまだに香司と一緒にいるとドキドキしてしまう。

他の誰といても、こんな気持ちにはならないのに。

「俺のほうでも、気をつけて見張らせよう。もし、本当にその女の子が狙われているとしたら、必ず鏡野継彦の動きがあるはずだ」

「うん……」

そっとスーツの袖をつかんでうなずくと、香司は一瞬、息を呑《の》んだようだった。

忍の手を優しく引きはがし、スーツのジャケットを脱ぐ。

（え？）

まだ香司の温もりの残るジャケットが肩に着せかけられたかと思うと、そのまま後ろから抱きしめられる。

「香司……」

忍は、香司の肩に頭をもたせかけた。

うれしくて、切なくてたまらない。

重なりあった手を通して、香司の想《おも》いが流れこんでくるようだ。

香司が静かに首を傾け、忍の唇に唇をあわせる。

忍は目を閉じ、わずかに顎《あご》を仰向《あおむ》けて恋人の甘やかなキスを受け入れた。

（オレのだ……香司……）

少なくとも、今はそう思っていいのだろう。

たとえ、いつか香司がこの関係を後悔する時がきたとしても。

恋人のいじらしい仕草に応《こた》えるように、香司が忍の身体にまわした腕にいっそう力をこめる。

忍は、幸せだった。

そして、たぶん香司も。

やがて、清めの儀は終わるだろう。

忍は少年に見えるようになり、御剣家から姿を消す。
しかし、どちらも今だけはそのことを忘れようとしていた。

＊　　＊

夜の街に、靴音が響きわたる。
はぁはぁと荒い息を吐きながら、長い黒髪の少女がアスファルトの道を走っていた。
綾人のところに匿《かくま》われていたはずの静香である。
彼女の背後には、渋谷駅の駅ビルとスクランブル交差点が見えた。
原宿で忍と会ってから、二週間ほどたった秋の夜だった。
まだそう遅い時間ではないのに、あたりに人影はない。
異様な静寂のなか、足音だけが響きわたる。
ふいに、静香の行く手の地面から黒い影が湧《わ》きだしてきた。
「あ……！」
息を呑み、足を止めた少女の恐怖に引きつった顔を街灯の明かりが照らしだす。
影はゆっくりと凝り固まり、戸隠の姿に変わった。
「捜しましたよ、静香さま」

「嫌っ！」

身を翻《ひるがえ》し、逃げようとした静香の先に銀髪の壮年の紳士――継彦が現れる。

「無駄だ。ここはすでに私の結界のなか。逃がしはしない」

継彦は、冷ややかに笑う。

「叔父さま……」

静香は、身震いしたようだった。

「そう嫌そうな顔をするな、静香。おまえのために、よいものを持ってきた」

冷ややかに笑って、継彦が合図する。

継彦の背後から、恭《うやうや》しく三方《さんぼう》を捧《ささ》げ持《も》った赤い髪の少年――八雲《やくも》が歩みだしてくる。八雲は黒と白の市松模様の着物を着て、紺の袴《はかま》をはいていた。

三方の上には、不気味な妖気を放つ手のひらほどの黒い鱗《うろこ》が置かれている。

「何……それは……？」

静香の表情が、不安げになる。

「これは大井川《おおいがわ》の龍神《りゅうじん》、御霊丸《ごりょうまる》の玉鱗《ぎょくりん》だ。玉鱗は龍の一番大切な鱗で、心臓の上にある。だが、人間どもが大井川を汚したため、玉鱗ははがれ落ち、御霊丸は正気を失った。玉鱗もまた、人の世の瘴気《しょうき》を吸いこんで変質してしまった。これを憑《つ》ければ、人も妖も傀儡《くぐつ》となり、術者の思いどおりに操られてしまう」

継彦は、残酷な口調でつづけた。

「おまえに、これを憑けてやろう。そうすれば、もう何一つ考える必要はなくなる。迷うことも、怯《おび》えることもなくなる」

静香は、後ずさりした。

しかし、すぐに戸隠に行く手をはばまれてしまう。

「そんな怖ろしいこと……！　おやめください、叔父さま！　一族のみなさまだって、お許しにならないわ！」

気丈に言いかえす静香を見、継彦はふんと鼻で笑った。

「案ずることはない。おまえは私に従っていればいいのだ。……アビラウンケン！」

印《いん》を結んだとたん、継彦の右手が禍々《まがまが》しい真紅《しんく》に光りはじめた。

光のなかで指が長くのび、爪《つめ》が鋭く尖《とが》っていく。まるで、手首から先が鬼の手に変わってしまったようだ。

「この術のために、ずいぶん妖力を消耗した。同じ水性の妖とはいえ、龍神の妖力と波長をあわせるのは、なみたいていのことではなかったぞ。花嫁となるおまえのために、私が選んだ贈り物だ。受け取るがいい」

異形《いぎょう》の右手がのび、慎重に黒い鱗をつかんで持ちあげる。

鱗は、継彦に触れられると、生き物のように脈動しはじめた。

「嫌！　来ないで！」

身を翻し、逃げようとする少女の前後左右に朧《おぼろ》げな影がいくつも立ちふさがる。

継彦の使い魔だろうか。

影に怯え、立ち止まった静香の身体に鱗ごと、継彦の右手が吸いこまれていく。

「嫌ああああああーっ！」

悲鳴をあげていた静香の瞳が、ふっと虚《うつ》ろになる。

声がやんだ。

「どうやら、憑依《ひょうい》したようでございますな」

戸隠が呟く。

「そのようだ。……手間をとらせてくれる」

継彦は異形の右手をすっとぬき、冷酷な顔で薄く笑った。

その手のなかの鱗は、消えていた。

静香の左胸に、ぼうっと淡い光が点《とも》る。光は、手のひらほどの鱗の形をしていた。

継彦の右手も、ゆっくりと普通の手に戻る。

「さて、帰ろうか、わが花嫁」

継彦の手がのび、静香の白い手をとる。

ゴウッと風が吹きぬけていく。

ふいに、あたりは真の闇に閉ざされた。

＊　　＊

十月も終わりに近いある夜、忍は悪夢にうなされていた。

夢のなかで、忍はどことも知れない闇のなかを走っていた。

(どうしよう。逃げねえと……殺される……)

その後ろから、いくつもの黒い手がのびてくる。

触手のようにうねる長い腕。その先にある身体は見えない。

手は、忍の胸もとのチェーンを狙っているようだった。チェーンの先には、ステンレスとピンクゴールドの一角獣のペンダントヘッドがついている。

誕生祝いに、香司からもらったペンダントである。

(嫌だ。これは渡さねえ……!)

忍は必死に胸もとを手でかばい、闇のなかを逃げつづけた。

しかし、後ろからのびてきた黒い手が足をつかむ。

「うわっ!」

忍は悲鳴をあげ、地面に倒れこんだ。

（ペンダント！）

背後から迫る暗い影のようなものたちが、ざわっと邪悪な歓喜の念を放った。

いくつもの手がのびてきて、忍の手のなかのペンダントを奪おうとする。

「ダメだ！　絶対ダメ！　触るな！」

忍は懸命にもがき、立ちあがろうとした。

しかし、強い力で足首をつかまれ、起きあがることができない。

肩ごしに不気味な黒い手がのびてくる。

「触るなあああああーっ！」

忍はペンダントを握る左手を自分の身体から離し、できるかぎり高く掲げた。

けれども、触手のような黒い指が忍の手首をつかみ、別な手が容赦なくペンダントに覆いかぶさっていく。

（しまった……！）

そのとたん、金属のペンダントヘッドに錆《さび》が浮きはじめた。

一秒で百年が過ぎるように見る見るうちに風化し、ボロボロになっていく。

（嘘……！　なんで……!?）

忍は黒い手をふりほどき、ペンダントを手のなかに強く握りこんだ。

次の瞬間、忍の手のなかで一角獣のペンダントは砂のように脆《もろ》く砕けた。

（嫌だ……そんな……香司）

「うわあああああーっ！」

＊　　　＊

「忍、忍」

ふいに、パジャマの肩を揺すぶられて、忍はハッと目を覚ました。

薄暗がりのなかに、香司のシルエットが見える。

「香司……？」

ドキリとして、忍は反射的に自分の胸もとのチェーンを指先で探った。

ペンダントは無事だった。

ホッとしながら、忍は布団《ふとん》に起きあがった。

（まだ夜じゃん。……なんで……？）

「起きたか」

香司は声をひそめ、忍に起きて着替えるように言った。

隣の和室に眠っている毒島をはばかってのことだろう。

（……っていうか、おまえ、オレの部屋に入ってきて、やばいぞ。毒島さんに見つかった

ら、無茶苦茶怒られちまう）

忍は、少し焦《あせ》りながらジーンズと白いTシャツとオレンジ色のカーディガンを身につけた。

カーディガンは衿《えり》とベルトつきで、やや厚手の素材なので胸がないのを隠してくれる。

「こっちだ。鏡野綾人が来ている」

ささやくような声で言うと、香司は先に立って忍の和室を滑り出た。

（え？　鏡野さんが……？）

何か変事の予感がする。

忍は急にドキドキする胸を押さえ、香司の後から離れの洋館に急いだ。

＊　　＊

大蛇一族の当主は、洋館の一階の客間に立っていた。

部屋の前では、香司の付き人の横山《よこやま》が見張りをしている。

「大変なことになったよ」

綾人は、挨拶もそこそこに口を開いた。

いつもの彼らしくない、緊迫した様子だ。

（どうしたんだろう……。大丈夫なんだろうか）

募る不安を抑えながら、忍は香司と綾人の顔を交互に見た。

「どう……いうことなんでしょうか？　何かあったんですか？」

香司が黒いスーツの肩をすくめてみせる。

「こいつは、通りすがりの妖だ。たまたま、困っているらしいので家に入れてやったが、俺も素性は知らん。事情は自分で話すだろう」

つまり、綾人は正式に鏡野一族の当主として訪問したわけではないということだ。

「わかったわ……。それで、事情って……？」

忍が視線をむけると、綾人はふう……とため息をついた。

そんな顔をすると端正な面差しに憂《うれ》いの色が加わり、困りものの大蛇は実にハンサムに見えた。

むしろ、いつもより格好いいくらいだ。

（なんだよ。気障《きざ》なことばっか言ってねえで、普段からこうやってりゃいいのに）

こんな時だというのに、胸のなかでチラリとそんなことを考え、忍は慌てて目の前の出来事に注意をむけた。

（やべえやべえ。つい見惚《みほ》れそうになったぜ。……香司のほうが、絶対に格好いいのに）

「実は、静香が行方不明になってね」

その言葉で、忍の寝ぼけた気分はすっ飛んだ。

(嘘……⁉)

「行方不明って……⁉　鏡野さんのところで保護してたんじゃないんですか？」

「うん。護衛をつけていたんだが、ちょっと目を離した隙《すき》にまた道に迷ったらしくてね。そのまま行方不明だ。出雲には、まだ帰っていないらしい。まだ東京にいればいいんだが、その可能性は低いだろうな」

「もしかして、さらわれたんですか？　……叔父さんたちに？」

「状況からみて、そう判断したほうがよさそうだ。静香につけておいた護衛は、瀕死《ひんし》の重傷だ」

ポツリと綾人が呟いた。

「放っておけば、おまえの責任問題にも発展するかもしれんな。お家騒動は困るぞ」

香司が綾人をながめながら、低く言う。

「そうはさせないつもりだけどね」

「何か策はあるのか？」

「うん。静香の行方はなんとなくわかっているんだけれど、ちょっと面倒な場所にいるみたいだ。それで、申し訳ないけれど、忍さんと香司君の力を借りたいと思ってね」

忍と香司は、顔を見あわせた。

（行方がなんとなくわかってるって……？）

「ずいぶん、手まわしがいいことだな。俺たちに何をさせる気だ？」

皮肉めいた口調で、香司が尋ねる。

綾人は、うれしげに微笑んだ。

「松江に月兎学園という全寮制の高校があるのを知っているかい？」

「げっとがくえん？　……って、あの甲子園《こうしえん》常連校？」

忍は、目を瞬《しばたた》いた。

たしか、去年の夏には決勝、今年の夏も準決勝まで勝ちあがったはずだ。過去に優勝は五回。野球の名門校であることは間違いない。

「うん。野球だけじゃなくて、陸上競技とかテニスも強いね。スポーツ特待生の制度があるから、全国から有望な選手が集まるよ。まあ、それはどうでもいいんだけど。その月兎学園の女子寮に、どうやら静香らしい女の子が隠れているらしいんだ」

（まさか……）

忍は、まじまじと綾人の顔を見た。

「オ……私にその女子寮に入って、その女の子のことを調べろって言うんじゃ……！」

（冗談じゃねえよ！）

香司も「ふざけるな」と言いたげな顔になっている。

「いや。女子寮じゃなくて、男子寮のほうだよ」

しれっとした顔で、綾人が答える。

「え……⁉」

忍は、綺麗な茶色の目を見開いた。

(男子寮って……⁉　まさか、オレが男だってバレて……。いや、鏡野さんにはかなりバレかけてるんだけど……でも、隠しとかねえとまずいのに……)

「こいつは女だ。男子寮に入れて、何かあったらどうする？　そんな危ないことができるわけがないだろう」

ブスッとした顔つきで、香司が言う。

「女の子に見えるけど、実は男の子ってことにして入れればいいだろう。御剣家のお家芸じゃないのかな、そういうのは」

楽しげな目つきで、綾人がじっと香司を見た。

(げ……)

忍を婚約者として御剣家に入れる時、一時的に戸籍を操作したことは、綾人にはバレていないはずだが……。

焦る忍を横目に見て、香司は肩をすくめた。

「御剣家は違法行為には荷担しないことにしている。……だいたい、なぜ男子寮なんだ?」

「男子寮に、情報通の妖がいるからだよ。静香の件もこの妖に訊けば、わかるだろう。でも、彼はめったに男子寮の外に出てこなくてね。こちらから潜入して接触するしかないんだ」

「だったら、俺が行く」

ボソリと香司が言った。

「人気モデルの伽羅が? 目立つねえ。それに、こう言っちゃなんだけど、香司君は高校生っていうにはとうが立ちすぎてないかなあ」

「おまえに歳のことを言われるのは心外だな。教生か臨時講師ならどうだ? 変装して行けば、問題あるまい」

(大丈夫かなあ、香司……)

忍は、ため息をついた。

以前、香司の変装を見たことがあるが、中年男性のような黒ぶちの眼鏡をかけていて、怪しさ大爆発だったのだ。

「まあ、いいや。教生でもなんでも。忍さんは女子寮でもいいよ。情報通の妖を捕まえるより、実際に女子寮のなかを調べて歩いてみたほうが早いかもしれない」

「……オ……私も男子寮にします」

（女子寮なんかやだ。……バレる。いや、バレねえかもしれねえけど、オレが嫌だ）

同じ応援団部の女子たちのパワーを思い出して、忍は心のなかでプルプルと頭をふった。

「そう？　男子寮でもいいけれど、一人部屋になるように調整してもらったほうがいいよ。まわりは狼《おおかみ》ばっかりだからね。不埒者《ふらちもの》がいたら大変だ」

綾人は、クス……と笑った。

（なんだかなあ……。どこまで知ってるんだよ、こいつは……）

忍は、眉根をよせた。

「で、その情報通の妖はどんな奴だ？」

「やれやれ」と言いたげな顔で、香司が尋ねる。

「うん。行ってみてのお楽しみなんだけどね」

言いかけた綾人が、香司の放った呪符《じゅふ》をひょいとかわした。

見事な身のこなしだ。

香司がチッと舌打ちする。

「遊びじゃないんだぞ、鏡野綾人」

「いや、ぼくは通りすがりの妖だから」

結局、綾人は男子寮にいる妖について、くわしいことは教えてくれなかった。

ただ「行けばわかるから」と言うばかりだった。

＊　　＊

「こんな他人をバカにした話で、わざわざ出雲くんだりまで行こうという俺は親切な男だと思わないか」

ブツブツ言いながら、ソファーに座った香司が膝にノートパソコンを置き、キーボードを叩いている。

綾人が帰った後である。

出雲への出発は、翌々日と決まった。

そのため、モデル事務所のマネージャーに仕事の日程を変更してくれるようメールを書いているのだ。

マネージャーも御剣家から言い含められているため、香司の突然の予定変更に異を唱えることはまずない。

「おまえの生玉も持っていっていいそうだ。出発前に親父《おやじ》のところに寄れ」

「え……？　いいのか？」

生玉は普段、御剣家の結界のなかに安置されている。

「遠慮はいらん。もともと玉川家のものだ」

「うん……。でも、お義父《とう》さん、よく香司が行くのにＯＫ出してくれたよな。それに、もうオレの編入手続きすんでるなんて……」

（いくらなんでも、手回しよすぎねえ？）

香司のソファーの側でシナモンパウダー色の子猫をじゃらしながら、忍は首をかしげた。

子猫は背中と頭と尻尾《しっぽ》がシナモンパウダー色で、腹と四肢の先が雪のように白い。目の色は緑で肉球と鼻はピンク色だ。

この子猫は、人間の世界の普通の猫ではない。

今年の一月の事件の後、「迷惑をかけたおわびに」と伊豆《いず》の天狗《てんぐ》、飛天坊《ひてんぼう》からもらった妖の世界の生きた香木——香木猫《こうぼくねこ》なのだ。

妖の血のせいか、子猫は生後十ヵ月になってもまだ幼い姿のままである。

忍のつけた名前は、香木猫だから「香太郎《こうたろう》」。

しかし、香司は「コータ」、香司の異母妹の沙也香《さやか》は「コーちゃん」、香司の父の倫太郎は「チビ」、香司の付き人の横山は「コーたん」とそれぞれ勝手に呼んでいる。

香司がパソコン画面から顔をあげ、忍のほうを見る。

「仕事では、よくあることだからな。潜入調査のマニュアルができている」

事もなげに言われて、忍はまじまじと恋人の顔を凝視した。

「え？　仕事ではって……？　そんなにしょっちゅう、よその学校に潜入してるのか？」

「ああ。学校がらみの事件は、優先的に俺のところにまわされるんだ。歳が若いほうが、潜入調査もしやすいから」

「へえー……そうなんだ。すげえな……」

（ちゃんとマニュアルあるなんて、知らなかった）

花嫁修業をさせられていると、つい忘れてしまいそうになるが、この家はただの香道の宗家ではないのだ。

「だけど、出席日数とか大丈夫か？　三日くらいならいいけど、あんまり長いこと出雲行ってたら、やばくねえ？」

忍はゴロゴロ喉《のど》を鳴らす香木猫を抱きあげながら、尋ねた。

（オレもあんまり休むと推薦の条件満たせなくなるし……。まあ、正々堂々と受験して大学入ればいいんだけどさ）

「それは心配ない。ダミーを用意してある。おまえのぶんもな」

さらりと香司が答える。

「え？　ダミーって……何？」

「おまえが学校を休んでいるあいだ、代わりに学校に通ってくれる身代わりだ」

「身代わり!?　なんだよ、それ!?」

（そんな便利なものがあるのかよ？　みんな欲しがるぞ）

思わず、忍は身を乗り出した。

御剣家での暮らしはだいぶ長いが、そんなものがあるのは初耳だ。

「のっぺらぼうという妖がいる。基本は顔に目鼻がない人形《ひとがた》だが、なかには顔と身体の区別がつかない肉の塊のようなものもいる。連中は好奇心旺盛《こうきしんおうせい》で、人の世界をのぞいて歩くのが大好きだ。うちでは、こののっぺらぼうを身代わりとして雇っている」

「へえー……雇ってるんだ……」

（給料も払ってるのかな）

忍は、綺麗な茶色の目をパチクリさせた。

「ああ。一週間やそこらなら、うまく誤魔化してくれる。だが、細かい話をさせるとボロを出すから、親しい人間には見破られる可能性がある。出発前に、おまえの友達の三人組にはいちおう事情を話しておいたほうがいいだろう」

「え？　五十嵐たちに？」

「ああ。ダミーとうまく話をあわせてくれるように頼んでおけ」

「のっぺらぼうのこと、話していいのか？」

「いいぞ。どうせ、あいつらも妖がいることは知っているし、まんざら部外者というわけじゃないからな。それに、バカでもないから、おかしな真似《まね》はしないだろう」

「うん……」

(香司、なんだかんだいっても、五十嵐たちのこと認めてくれてるんだ……)

そう思って、忍は微笑んだ。

香司が自分の友人たちを信用してくれているのが、うれしい。

たまに意地悪だったり、嫉妬《しっと》でハリネズミのようになる時もあるが、やはり香司は基本的には優しい恋人なのだ。

(オレには、もったいねえかもしれねえな……ホントに。御曹司だけど、他人の気持ちにも敏感だし。オレのこと、大事にしてくれるし)

香司は、またノートパソコンにむかってキーボードを叩《たた》きはじめる。

忍は子猫を床に下ろし、恋人の足もとに座った。香司の膝にもたれかかり、仕事中の顔をじっと見上げる。

香司は「邪魔だ」と言いたげな顔をしたが、黙って忍のしたいようにさせていた。

＊　＊

翌々日、東京は快晴だった。

港区芝公園《みなとくしばこうえん》の紫文《しぶん》学園高校には、ダミーの忍の姿があった。きちんと学生服を着て、椅子に座っている。

「ああやってると、そっくりだよね」

机に肘《ひじ》をついて、小柄な美少年が呟く。

彼の名は、片倉優樹という。

睫毛《まつげ》の長いぱっちりした目、華奢な身体、白い肌。

見た目はポメラニアンかチワワのようだが、実は広域暴力団片倉組組長の息子である。

将来の希望は、アイドル。一年生の時から、忍を誘って「美少年ブラザーズ」というバンドを作り、芸能界入りしようと企んでいた。

しかし、いまだにバンドのメンバーは一人も集まっていないし、楽器の練習もしてない。おかげで、「アイドルになる」と言いだすたびに、周囲に笑われている優樹だった。

「ああ。そっくりだな」

心ここにあらずといった風情《ふぜい》で、長身で恵まれた体格の少年——五十嵐浩平《こうへい》が答える。

美形というわけではないが、人好きのする顔だちで、みんなに好かれていた。

中学時代に始めたサッカーは超高校生級と評され、早いうちからJリーグのスカウトたちにも注目されてきた。

しかし、当人は大学への進学を希望している。

　当初は「イタリア語やスペイン語の勉強のため」だったが、最近では「忍と同じ大学に行くため」に変わりつつある。

　けれども、十月になっても忍の進学先がまだあやふやなので、五十嵐はひそかに気を揉《も》んでいた。

　また、忍が偽装婚約者の香司と一緒に旅行に行ったことも気になってしょうがないらしい。

「なんだよー。ノリが悪いな、イガちゃんは」

　優樹が笑う。

「俺も出雲に行きたかった」

　五十嵐はボソリと呟き、携帯電話のメールをチェックした。忍からのメールを待っているのだ。

　だが、出発前の羽田《はねだ》空港から一度メールがきたきり、あとは連絡がない。

「出雲に行っても、足手まといになるだけだろ。なんか大変みたいだし。ぼくたちは、ここで待ってればいいんだよ」

　五十嵐の返答はない。

　優樹は肩をすくめ、ダミーの忍に近よっていった。指先で、のっぺらぼうの頬をぷにぷにとつついてみる。

「うわあ。やわらかいなあ。お肌もすべすべだ」

「やめてよ、優樹ー」

ダミーの忍が、へらへらっと笑う。

「なかなか可愛いですね」

ふちなし眼鏡の少年――桜田門春彦も寄ってきて、偽者《にせもの》の忍の髪をいじりはじめる。

脱色していないのに茶色いサラサラの髪と白い肌、糸のように細い目。笑顔の似合う穏やかな顔だちの彼は、クラスの女子たちから癒《いや》し系《けい》と認定されていた。

決してモテないわけではないのだが、今のところ特定の彼女はいないようだ。

桜田門の父は、暴力団担当のベテラン刑事だ。その筋では「鬼の桜」と呼ばれ、怖れられているという。

暴力団担当の鬼刑事の息子と広域暴力団組長の息子というのは、友人になるにはいかがなものかという組み合わせである。

最初の頃、周囲ははらはらしながら、桜田門と優樹の関係を見守ってきた。

しかし、いつの間にか二人は親しくなり、親の職業など忘れたように仲良く遊び歩いている。

「やめろよ、春ピー、そんなに触るなよ。ホントにむっつりすけべなんだから。髪いじるのは、B以上まで進んでるカップルのやることだぞ」

優樹が、桜田門の手をつかんで偽の忍から引きはがす。

「聞いたことがないぞ。なんだ、そのB以上というのは?」

五十嵐もよってきて、恐る恐る偽忍の肩に手をのばす。

だが、それより先に偽忍が五十嵐にむきなおり、その手を両手でキュッとつかんだ。

「イガちゃん、大好き」

瞳をうるうるさせて、上目づかいで見つめられたとたん、五十嵐が鼻血を噴いた。

「し……忍……!」

「ぎゃー! ティッシュ! ティッシュ!」

優樹が騒ぎはじめる。

桜田門も「やれやれ」と言いたげな顔で、ポケットティッシュをとりだし、五十嵐に差し出した。

偽の忍は状況がわかっているのかいないのか、ニコニコ笑っている。

どうやら、本物の忍より小悪魔体質のようだ。

第二章　謎《なぞ》の転校生

「香司《こうじ》君たちを口説き落としたって？」

向島《むこうじま》にある鏡野《かがみの》家の書斎で、呑気《のんき》な声がした。

声の主は、丸い銀ぶち眼鏡をかけた美青年だ。

肩くらいまである真っ黒な髪を首の後ろで結び、昔の書生のような縞《しま》の着物に紺の袴《はかま》をつけている。

着物のなかには、白い綿シャツを着ていた。足もとは、素足に下駄である。

彼の名は、三郎《さぶろう》という。悪戯者《いたずらもの》と評判の風の神だ。

三郎自身は人間が好きで、助けてやりたいと思って横から手をだすのだが、相手にとってはありがた迷惑なことが多い。

「口説き落としたというか、協力してくれることになったというか」

ティーポットからカップに紅茶を注ぎながら、綾人《あやと》が答える。

「よく協力してくれたねえ。まあ、御剣《みつるぎ》家にも御剣家なりの裏があるわけだけれど」

「裏はあるだろうな。むこうも、鏡野の本家と分家が表だって対立するのは困るだろう。この機会に御剣家としても、うちの叔父をつぶせるものなら、つぶしておきたいところだろうし」

ふっと笑って、綾人は風の神にティーカップを手渡した。

「ありがとう、綾人。いい香りだね。アールグレイかな」

「ああ。……で、こんなところにいてもいいのかな、三郎？　おまえは、そろそろ出雲《いずも》に行っていなければいけない季節だと思ったが」

「うん。そうなんだけど……あまり気が進まなくてね」

「気が進まない？　何か理由でもあるのか？」

「行くと、みんなに叱《しか》られるんだ」

しょんぼりと肩を落として、三郎は呟《つぶや》いた。

「登校拒否の小学生か、おまえは」

「行かずにすむ方法はないかな」

「ないね。八百万《やおよろず》の神々は、陰暦十月に出雲に集まるのが昔からの決まりだ。あきらめて、おとなしく行っておいで」

二人は、しばらく黙りこむ。

「そういえば、前に君に捜すように頼まれた御霊丸《ごりょうまる》だけど、どうやら出雲にいるらしいよ。この時期は出雲が日本で一番、陰の気が強くなるから」

「ああ、陰の気に呼ばれたというわけか」

綾人は、ふう……と深いため息をついた。端正な横顔に、どことなく疲れたような気配が漂う。

三郎は、ふっと真顔になった。

「どうしたんだ、綾人？　顔色が悪いぞ。分家の静香《しずか》さんのことが心配なのかな。よく眠れているのかい？」

「眠れるような、眠れないような……。抱《だ》き枕《まくら》でもあるといいんだけれどね。小さくて可《か》愛《わい》くて、いい匂《にお》いがして、ぼくのことを意地でも『綾人』って呼ばない抱き枕が」

妖艶《ようえん》な眼差《まなざ》しになって、大蛇《おろち》一族の当主は呟く。

三郎はまじまじと綾人を見、ため息をついた。

「まだ、あきらめていないのか、綾人」

「運命のひとだからね」

「やれやれ……君の不眠の原因はそっちか。でも、妖《あやかし》だって眠らなきゃダメだよ。……ああ、そうだ。この剣《つるぎ》神社のお守りを渡しておこう。これがあれば、どんな悪夢も即刻退散。朝まで意識朦朧《もうろう》……」

笑顔で、三郎は着物の懐《ふところ》からお札のようなものを取りだそうとする。

お札にどんなご利益《りやく》があるのかはわからないが、妙な霊気が漂っている。

綾人は眉《まゆ》をひそめ、三郎を制止した。

「ぼくはいらないからな」

「安眠できるよ、綾人？」

「意識朦朧って言ったじゃないか。おまえのまじないは、どれも一時しのぎだ。仮にも八百万の神の一人が陰陽師《おんみようじ》の真似《まね》をするな。だから、叱られるんだ」

「陰陽師の真似をしたつもりはないよ。私は善意で……」

「気持ちだけ受け取っておくよ、三郎。ありがとう」

「君まで、そんなことを言うんだね」

風の神はまだブツブツ言いながら、残念そうにお札を着物の懐にしまった。

＊　＊

同じ頃、夜の宍道湖《しんじこ》のほとりを一人の青年がゆっくりと歩いていた。

長い黒髪と妖《あや》しいまでの美貌《びぼう》の持ち主だが、その姿は普通の人間には視《み》えない。

身につけているのは白い着物と黒い袴だ。

青年が歩くたびに足もとの地面に幻の波が立ち、半透明の魚が飛び跳ねる。

水面《みなも》がざわめき、湖の妖たちが顔をだした。

——誰《だれ》かいる。

——ああ、龍神《りゅうじん》だ。……どこの川から来たんだろう。斐伊川《ひいがわ》？

——いや、もっと遠くだ。水の匂いが違う。

——疲れているようだね。呼び止める？

——いや、そっとしておこう。あれは正気じゃない。

妖たちは身震いし、また深い水のなかに潜っていってしまった。

心を失った龍神は、ぼんやりとした様子で夜のなかを歩きつづける。

白い指が時おり、自分の左胸を探る。

「玉鱗《ぎょくりん》……どこ……」

子供のように呟く声は、闇《やみ》に溶けて消えた。

＊　　＊

冷たい風の吹く朝だった。

島根県松江《まつえ》市の郊外にある月兎《げっと》学園はいつもよりどことなく、ざわついていた。

「蒼《そう》ちゃん、樹也《みきや》、聞きましたかぁ？　転校生が来るそうですぅ」

始業前の二年A組の教室で、小生意気な声がした。

声の主は、癖のない金茶色の髪を肩までたらした小柄な美少年だ。目がぱっちりしていて、色白で、唇は紅を塗ったように赤い。

下手をすると小学校高学年でも通用しそうな華奢《きゃしゃ》な身体《からだ》に、月兎学園の制服の黒いブレザーと白い綿シャツを着ていた。綿シャツの衿《えり》もとには、ワインレッドのボウタイが結ばれている。

ボウタイは学年によって色が違い、一年がカーキ色、二年がワインレッド、三年が青である。

ちなみに、この学園の男子の制服は好みによってネクタイとボウタイを選べる。ネクタイの色もボウタイと同じだ。

この少年の名は、定礎蘭丸《ていそらんまる》。

日本全国のすべてのビルを支配する大富豪、定礎一族の本家の次男である。

性格は、目立ちたがりや。

他人《ひと》に注目され、ちやほやされるのが大好きだ。自分は可愛がられ、特別あつかいされるために生まれてきたのだと信じて疑わない。

定礎一族は、日本全国のすべての駐車場を支配する不動産王、月極《げっきょく》一族とは犬猿の仲だ。

「知っている。名前は松浦忍《まつうらしのぶ》。東京出身だ。父親は国際線のパイロットらしいな。何をやらかして転校してきたのか知らんが……」

ボソリと呟いたのは、浅黒い肌の帝王然とした少年だった。

男性的な顔に小さめの眼鏡をかけ、短めの髪を金色に脱色している。背も高く、体格もいい。身につけているのは、ブレザーとネクタイである。

彼は月極一族の会長の孫で、名を月極蒼士郎《そうしろう》という。

性格は自信家で、傲岸不遜《ごうがんふそん》。

甘やかされて育ったため、怖いものなしだ。欲しいものが手に入らなかったことは、一度もないという。

中学校時代に担任の女性教師と問題を起こしたため、高校を卒業するまで、この月兎学園に押しこまれた。

だが、入学して一年ほどで学園の覇権を握った。二年になった今では、生徒会長や教師たちも一目をおく存在になっている。

親同士のいがみあいとは関係なく、幼なじみの蘭丸とは兄弟同然につきあっていた。

もう一人の御曹司——建売樹也《たてうり》ともよく一緒に行動することから、この三人はまとめて「三帝」と呼ばれている。

もっとも、「三帝」と呼ぶのは表むきであり、裏にまわれば「三バカ」呼ばわりされているのだが。

教室の重厚な樫材《かしざい》のドアが、勢いよく開いた。

見るからに気の弱そうな少年が飛びこんでくる。童顔で、髪がふわふわしていて、子犬のようなイメージがある。こちらも、ボウタイではなくネクタイだ。

彼が三帝の一人、建売樹也。

建売家は日本全国の建売住宅を支配——しているわけではなく、単にそういう名字なだけである。

父は貴族院議員の流れをくむ保守系の政治家で、現政権で幹事長を務める建売新三《しんぞう》。樹也はその長男だ。

月極蒼士郎と定礎蘭丸の二人とは幼なじみで、仲良しだ。

昔から、樹也は蒼士郎と蘭丸にくっついていないと、他の子供たちにいじめられてしまうような子供だった。それは今も変わらない。

二人の暴走につきあわされ、断りきれないまま、ささやかな悪事の片棒を担《かつ》がされることなど、日常茶飯事である。

そんなこんなの出来事が重なって、樹也も蒼士郎たちと一緒に月兎学園に押しこまれてしまったのだ。

「み、見た？　転校生？　さっき職員室の前にいたよ」

気弱な声で、樹也が尋ねた。蘭丸は首を横にふる。

「見てないですぅ」

「まだだ」

立派なマホガニーの机に肘《ひじ》をつき、ボソリと蒼士郎も言う。

普通の高校のような安っぽい机ではない。家具は、すべて外国製の高級品だ。

廊下の腰板は本物の樫材で、白い壁には漆喰《しっくい》が塗られている。アーチ形の天井は高く、明かりとりの窓から朝の陽《ひ》が射《さ》しこんでくる。

「その転校生って、どんな奴ですかぁ？　樹也は見たんですよね？」

蘭丸が首をかしげる。金茶色の髪が、黒いブレザーの肩で揺れた。

「女……みたいに見えるよ」

えへへと笑って、樹也が答える。

無邪気な顔は蘭丸とは別の意味で、高校生には見えない。

しかし、こう見えても樹也のＩＱは高く、テストの成績も常に学年トップである。

第一外国語の英語はもちろん、第二外国語のフランス語もペラペラだ。最近、ラテン語にも手を出したという。

「女に見えるだと？　それは、どういうことだ？」

「でも、男なんですよねぇ」

蒼士郎と蘭丸は、樹也に注意をむけた。

「男ってことで入学してくるけど、俺……あれは男のふりをした女だと……思うな」

樹也は、自信なげにボソボソと言った。

蘭丸が、面白いことを聞いたというように笑いだす。

「男子寮に女ですかぁ？　体育の時の着替えが見物《みもの》ですぅ！」

「誰かと相部屋か？」

興味深そうな表情になって、蒼士郎が尋ねる。

「蒼ちゃんてば、もう手を出す気になってますぅ。いけません。あんまり派手なことすると、いくらハーゼ・ギムナジウムでも退学になっちゃいますぅ」

横から、蘭丸がまぜっかえす。

誰が言いだしたか、月兎学園は生徒たちのあいだではハーゼ・ギムナジウムと呼ばれていた。

ハーゼというのは、ドイツ語で「兎《うさぎ》」の意味だ。

「どこがハーゼ・ギムナジウムだ。ここは月兎学園だろう。くだらんことを言うな」

蒼士郎がキラリと円眼鏡を光らせ、立ちあがった。

蘭丸と樹也が、目と目を見合わせる。

「蒼ちゃんはいい奴だけど、シャレが通じませぇん」

樹也の耳もとに唇をよせて、蘭丸がこっそり言う。しかし、声が大きすぎたせいか、丸聞こえだ。

「月極君は、真面目《まじめ》だから。俺……真面目な月極君もいい……と思うよ？」

樹也が笑顔で、フォローを入れる。

「真面目な男なんて、つまんないですぅ。きっと、しょうもない中年になるですぅ」

「聞こえてるんだよ、おまえら」

蒼士郎が、蘭丸を睨《にら》む。

周囲の生徒たちは「また始まった」と言いたげな顔になっている。

その時、廊下のほうから担任の女教師の声がした。

「ここが、君の教室です。わからないことがあったら、遠慮なく訊《き》いてください」

それに「はい」と答える声がする。

少年たちは同時に、ドアのほうに注目した。

ゆっくりとドアが開き、ブレザー姿の華奢な少年が入ってくる。

蒼士郎が、ピュ－ッと指笛を鳴らした。つづいて、蘭丸が声を張り上げる。

「ハーゼ・ギムナジウムへ、ようこそですぅ！」

＊　　＊

「え？　あ……？」

忍はまじまじと蒼士郎たちを見、ゴクリと唾《つば》を呑《の》みこんだ。

教室のなかで、ひときわ目立つ三人の少年たちのうち、一人が指笛を鳴らし、一人が手を叩《たた》きながら歓迎の言葉を叫んでいる。

だが、片方はどう見ても小学生だ。

もう片方は椅子《いす》にふんぞりかえり、小さな円眼鏡ごしに傲慢《ごうまん》な目つきでこちらをじっと見ている。

その横では、気弱そうな少年が一生懸命、拍手している。

（なんだ、こいつらは？　それにギムナジウムって？）

教室には男女あわせて三十数人の生徒たちがいたが、半数くらいが一緒になって拍手していた。

残る半分は、忍を見ながら「女じゃないの？」だの「美人だ……」だのとささやきあっている。

「今日、東京から転校してきた松浦忍君です。みんな、面倒みてあげてくださいね」

担任の女教師が簡単に挨拶《あいさつ》すると、誰かが「はい！」と大声で答えた。

どっと笑い声が広がる。

クラスの雰囲気は、そう悪くはないようだ。

目立つ三人組の一人——蘭丸が手をあげ、口を開いた。

「忍さんは彼氏……じゃない、彼女はいますかぁ？」

（なんだよ、こいつ……）

「……いませんけど」

忍の答えに、蒼士郎がふんぞりかえったまま、ニヤリとした。

「頭数が少ないから、好みのタイプを探すのは大変かもしれないが、いいなと思う奴がいたら、いつでも俺に言え。相談に乗ってやってもいいぞ」

「……どうも」

憮然《ぶぜん》とした表情で、忍は頭を下げた。

（なんだよ、こいつら。二年生のくせに、態度Lサイズすぎ……。特に、今、相談に乗ってやってもいいって言った奴。なんなんだ。変な目でオレをじーっと見て……）

忍は気づいていないが、あちこちから熱い視線が集まってくる。

視線の主たちはみな頬《ほお》を染め、うっとりとした表情でこちらを見ている。

授業が始まり、一時間目、二時間目の休み時間になると、生徒たちが上気した表情で忍に群がってきた。

男子の大半は、忍のことを「わけあって男として入学してきた男装の麗人」と決めつけ、自分こそはナイトにならねばと心に誓ったようだった。

「なあ、松浦は第二外国語、何にした?」

「好き嫌いあるか?」

「ここの学食のカフェ、けっこういけるんだぞ。よかったら案内するぞ」

四方八方から質問が飛ぶ。

忍がシャープペンシルを落としただけで、少年たちが争って拾いあげ、大事そうに手渡してくれる。

(えーと……なんか、オレ、モテモテ?)

最初、不機嫌だった忍も、ちやほやされているうちに機嫌をなおした。

面白くないのは、周囲の注目を集めるのが大好きな蘭丸である。

「あいつ、生意気ですぅ。ちょっとばっかり可愛いからって、いい気になってるですぅ」

忍に聞こえないような声で、ブツブツ言いはじめる。

「鬱陶《うっとう》しいぞ、定礎」

眉をひそめて、蒼士郎が言う。

「うるさいですぅ。一気に競争率高くなっちゃって、お気の毒さまですぅ。ゲットする気

だったんですよねえ。でも、あれ、ホントに女の子だったら大変でぇす。……賭《か》けません
か、蒼ちゃん？　忍ちゃんが男か女か」

「賭《かけ》には興味がない」

「相変わらずですぅ。でも、たしかめてみる気ではいるんですよね、蒼ちゃん？　やる気
に満ちあふれた顔してますぅ」

蘭丸の言葉に、蒼士郎はニヤリとした。

「俺の邪魔はするなよ」

「しませんよぉー。そんな命知らずな」

蘭丸は蒼士郎を見上げ、へらへらっと笑った。

「あ……あの子を落とすの？　なんか……かわいそうな気が……」

ボソボソと樹也が言いはじめる。

「心配するな。おまえにも手伝わせてやる」

「え？　いや、俺は……」

「樹也は、ぼくたちの言うとおりにしていればいいんですぅ」

ニヤリとして、蘭丸が言う。

蒼士郎も肩をすくめ、忍の横顔にじっと視線をむけた。

しかし、忍はこの三人の会話にはまったく気づいていなかった。

やがて、予鈴が鳴って、初老の古文の教師と一緒に若い教生が入ってきた。

＊　　＊

（うわ……！）

忍は教生――香司の顔を見、思わず息を止めた。

流行《はやり》のデザインの黒いスーツを着た長身の身体は、別の状況で見れば、格好よかったかもしれない。

しかし、その白い顔には中年男性のような大きな黒ぶち眼鏡がかかっている。

「こちらが今日から二週間、教育実習で、みなさんを教えてくださる鈴木《すずき》先生です」

古文の教師が、香司を紹介する。

（鈴木？　今日は長嶋茂雄《ながしましげお》じゃねえのか？）

夏の寸又峡《すまたきよう》温泉の事件の時も、香司は変装して忍と彼の所属する応援団員たちの前に現れた。

その時、香司は「長嶋茂雄」と名乗ったのだ。

もちろん、応援団員たちに思いきり怪しまれたのだが。

香司は黒板にむかって、「鈴木一郎《いちろう》」と書いた。

それから、生徒たちにむきなおり、「はじめまして。鈴木です」と挨拶をする。

(鈴木一郎って……おい。今度はイチローかよ。佐々木《ささき》さまにしろ、佐々木さまに！ ハマの守護神、佐々木主浩《かずひろ》を忘れるな！)

横浜《よこはま》ベイスターズファンの忍としては、心のなかで突っ込みを入れずにいられない。

香司の視線が、ふっと忍の上で止まった。

(ボロ出すなよ。ちゃんと他人のふりしてろよ)

目で話しかけると、香司はかすかに笑ったようだった。

女生徒たちが声をひそめ、「眼鏡ダサっ」だの「変な顔」だのと勝手なことを言っている。

(おまえら、眼鏡くらいで惑わされんなよ。こいつ、トップモデルだぞ。ＣＭでも大人気の伽羅《きやら》だぞ。そりゃあ、今は変な黒ぶち眼鏡だけど)

忍は、心のなかでため息をついた。

まさか、イチローだとは思わなかったが、とにかく、これで潜入調査の第一段階は終了した。

(あとはどうやって香司と接触して、打ち合わせするかだけど……)

「では、教科書の二百三ページを開いてください」

落ち着いた口調で、香司が授業をはじめる。

（おまえ、授業できんのかよ……。まあ、古文なら香道でさんざん使ってるから、ボロ出さねえだろうけど……）

「今日の授業は、『方丈記《ほうじょうき》』ですね。作者は鴨長明《かものちょうめい》。この人は、京都の下鴨《しもがも》神社の神官の家に生まれました。『方丈記』は、晩年、日野山《ひのやま》に庵《いおり》を結び、閑居に安静を得た心情をのべた作品です。まず、冒頭の部分を読んでもらいましょうか」

香司は黒ぶち眼鏡ごしに、生徒たちをぐるりと見わたす。

その視線が、忍の上で止まった。

（え？　オレ？）

まさかと思っていると、指差された。

「そこの君、名前は？」

「あ……えっと……松浦忍です」

（マジかよ？　オレに読ませる気か？）

目で抗議しても、香司は素知らぬ顔をしている。

「では、松浦君、読んでください」

「はい……」

（香司のバカ野郎。何、面白がってるんだよ）

つっかえながら読みはじめると、教室のあちこちから小声で「がんばれ」という声援が飛ぶ。

香司が男子たちの浮かれた様子に気づき、「ほほう」と言いたげな目になった。

＊　＊

寮の忍の部屋のドアを軽くノックする音がした。

一回叩《たた》き、ワンクッション置いてから三回つづけて叩いている。

香司と決めた合図である。

（香司、来た……）

忍は慌ててドアを開いた。

音もなく、香司が滑りこんでくる。まだ四角い黒ぶち眼鏡をかけたままだ。手には、香道具を入れたトランクを持っている。

「どうだ？　何か変わったことは？」

後ろ手にドアを閉めながら、香司が尋ねてくる。

「とくにねえよ」

転校初日の夜だった。

さっきまで、忍の部屋にはナイト志願の少年たちが五、六人つめかけ、一生懸命アピールしていた。

だが、ようやく物見高い少年たちも帰り、忍もホッとしていたところだ。

(大変だったなあ……。あんまり、オレの部屋、たまり場にされねえといいんだけど)

「なんだ、これは?」

香司が忍の机の上を見、眉根をよせる。

そこには、クッキーやスコーン、袋菓子の類《たぐい》が山になっている。

「あ、それ、みんなからの差し入れ」

(オレが買ってきたわけじゃねえぞ)

そう答えると、香司はあきらかに不機嫌そうな顔になった。

「モテモテだな」

「……なんだよ」

(変な嫉妬《しっと》してんじゃねえよ)

忍は手近なクッキーの袋を取り、香司に放《ほう》った。

「持ってけよ。食いきれねえし」

香司は片手で袋を受け取り、ため息をついた。

「風呂《ふろ》は入ったか?」

「え?　いや……まだだけど……」

（やっべえ）

香司は、今後の打ち合わせと清めの儀のために来たのだろう。

清めの儀の前には、入浴しておかなければならない。

「まだか」

香司は、無表情に忍をチラと見た。

その一瞬、恋人の視線がブレザーの胸のあたりをなぞった気がして、忍は思わず一歩後ずさった。

（なんか、やらしい）

「あのさあ……香司、もしかして、なんか変なことを考えてるんじゃねえだろうな？」

「変なことだと？」

怪訝《けげん》そうな口調で、香司が尋ねてくる。

（なんだよ。わかってるくせに）

「だから……えっちなことだよ！」

言ってから、忍は真っ赤になった。

香司が、ふう……とため息をつく。

「俺は、清めの儀のために来たつもりだったんだが。もしかして、おまえは別のことを期待していたのか？」

「期待なんかしてねえよっ！　おまえこそ、『俺が洗ってやる』とか言いだすんじゃねえだろうな！」

「あいにく、そこまで暇じゃない。とっととシャワーを浴びてこい」

ふんと笑って、香司が備え付けのユニットバスのほうを目で示す。

「わかってるよ。ちょっと行ってくる」

忍は自分のボストンバッグのなかからバスタオルやトラベル用の石鹸《せっけん》を引っ張り出し、部屋を出ようとした。

香司がその肩をつかんで止める。

「待て。どこへ行く気だ？」

「だから、風呂に」

月兎学園では寮の一人部屋と二人部屋の各部屋にユニットバスが備えつけられているが、それ以外にも大浴場があり、ゆったりと身体をのばすことができた。

「ダメだ。絶対にダメだ」

真顔になって、香司が反対する。

「なんでだよ？　風呂入れって言ったろ」

「そこでいいじゃないか」

香司がユニットバスを目で示す。

「やだよ」

（なんか、シャワー浴びて出てきたとたん、押し倒されそうだもん。ベッドもあるし）

わざわざ大浴場に行こうとしているのは、いまひとつ香司を信用していないためだ。

香司は眉根をよせた。

そんな顔をすると、大人びた男性的な顔がいっそう格好よくなる。

「おまえは……危ないだろうが。大浴場なんかに行ったら、何をされるか……」

「……んだよ。オレが女に見えるってのかよ」

カチンときて、忍は言い返した。

香司は「なぜ、わからないんだ」と言いたげな目になった。

「忍、ここはおまえの通っていた学校じゃない。みんな、まだ、おまえのことをよく知らないんだ。男装の女の子だと思っている連中もいる。そんな奴らの前に、裸で出ていったら……」

「もういいよ」

（どうせ、オレは女に見えるよ。香司にだって、そう見えるんだろ）

そう思っただけで、悔し涙が滲《にじ》んでくる。

「忍……」

ドキリとしたような顔になって、香司が忍の腕から手を離した。

＊　　＊

数分後、忍は入浴セットを抱えて大浴場にむかっていた。

結局、風呂の件は香司が折れたのだ。

しかし、香司も百パーセント譲歩したわけではないようだ。忍の十数メートル後方から、こっそりついてきている。

（お風呂、お風呂……。でっけえ風呂なんて、久しぶりだな）

月兎学園の大浴場は男子寮、女子寮それぞれにあり、湯上がりの休憩所も別になっている。

学校では男女混合のクラスだが、一度、寮に戻ったら、相互の行き来は禁止されていた。

大浴場の入り口には玉砂利が敷き詰められ、飛び石が置かれていた。

そのむこうには、「月の湯」と染めぬかれた紺の暖簾《のれん》がかかっている。

（おおー……温泉旅館みてえ）

いそいそと脱衣所に入り、あたりを見まわす。

大浴場のなかから少年たちの声が聞こえてくるが、脱衣所にほかの人影はなかった。

忍は適当なロッカーを選び、服を脱ぎはじめた。

脱衣所の入り口では、香司がなかをうかがっている。

だが、忍はそれに気づいていなかった。

(ゆっくりしてえけど、そうも言ってらんねぇんだよな。部屋で香司待たせてるし……)

腰に白いタオルを巻き、お風呂セットを持って、ぺたぺたと大浴場にむかって歩きだす。

ガラッ!

湯気で曇ったガラス戸を開いた時だった。

ガラス戸の近くにいた三、四人の少年たちが、忍を振り返った。

「ぎゃーっ!」

次の瞬間、少年たちの口から野太い悲鳴があがった。

(えっ!?)

奥のほうにいて、忍の存在に気づいていなかった少年たちもこちらを見、真っ赤になってタオルで股間《こかん》を隠し、あたふたと大浴場から逃げだしていく。

(なんだよ、なんだよ!?)

あっという間に、大浴場のなかは空っぽになった。

忍は、ぽつんと湯気のなかに立ちつくしていた。

（なんで……？）
脱衣所のほうは、服を着ようとする少年たちで大騒ぎになっている。
香司がそんな忍の背中をながめながら、ため息をついていた。
（だから、止めたんだ。バカ……）
どうやら、少年たちは忍を見、裸で男風呂に乱入してきた女の子を見てしまったような
ショックを受けたらしい。
（なんだよ、みんな……。なんで、逃げるんだよ）
忍は唇を嚙《か》みしめた。
（みんな、大っ嫌いだ）

＊　　　＊

「……元気をだせ」

清めの儀が終わった後で、ボソリと香司が呟いた。

忍の部屋である。

勉強机の上には、螺鈿《らでん》の箱におさめられた香道具が置かれている。

室内には、黒方《くろぼう》と呼ばれる土性《どしょう》の香のいい匂いが漂っていた。

「元気だよ……」

　忍はうつむいたまま、答えた。

「どこが元気だ。……凹《へこ》んでいるくせに」

「うるせえなあ！」

（どうせ、オレは女に見えるよ……！）

　香司にあたる筋合いではないと思いながらも、感情を抑えられない。

「あいつらは、おまえが嫌いだから逃げたんじゃないぞ。あの後、おまえが入っている時、のぞこうとした奴がいたんだが、よってたかって寮の外に引きずりだされて殴られていた。……みんな、おまえのことが好きで、大事にしようと思っているんだ」

　めずらしく、香司がフォローするようなセリフを吐く。

　香司は香司なりに、大浴場での出来事はまずかったと思っているようだ。

　もちろん、男子たちが逃げだしたのは香司のせいではないのだが。

「いつも、そうなんだ。……学校でも運動部に入ろうとしたら、更衣室でみんなが変に気つかうし、シャワールームでも話しかけてこねえし」

「忍……」

　香司の瞳が切なげになった。痛みをこらえるような眼差《まなざ》しで、忍をじっと見つめている。

「オレ、ホントは野球とかサッカーしたかったんだ。でも、男あつかいしてもらえねえし……しょうがねえから応援団入って応援して……」

　忍の唇が震えた。

「なんで……こんな呪《のろ》いかけられちまったんだろう」

（オレのせいじゃねえのに……。いや、それとも、オレのせいなんだろうか。ぜんぜん、理由は思いあたらねえけど）

　強く握りしめた拳《こぶし》の関節が、白くなっている。濃い睫毛《まつげ》が時おり、かすかに震えていた。

　しばらく、そんな忍を見つめていた香司が静かに口を開いた。

「呪いは、解ける」

「香司……」

「このまま、がんばっていけば、十一月中におまえは自由になれる。御剣家からも呪いからも。……俺もサポートする」

　今、言われた言葉が信じられなくて、忍はまじまじと恋人の白い顔を見つめた。

　香司の瞳は、真剣だった。

　それは、本気で誰かを護《まも》ろうと思っている男の目だ。

「でも……呪いが解けたら、オレ、おまえの側《そば》にいられなくなるんだぞ……？」

「忍、呪いが解けようが解けまいが、俺の気持ちは変わらない」

幼い子供に言い聞かせるように、香司が言う。

「でも……」

（おまえは男に見えるオレを知らねえじゃねえか。……そりゃあ、えっちしてるから、男の身体なのは知ってるだろうけど……でも……やっぱ、いろいろ違って見えてたりするんだろう？）

言いたくても、そんなことは言えない。

たぶん、その言葉は香司を傷つけるから。

困ってしまって、忍は目を伏せた。

「不安なのはわかる」

香司が、優しく忍の手をとった。

握りしめた指先から伝わるのは、温《ぬく》もり以上のもの。

（香司……）

「だが、俺がついている。一緒に呪いを解こう。俺たちの関係をまわりに認めさせるには、今のままじゃダメだ。ちゃんと男に見えるようになって、そこからまた始めよう」

胸の奥に染みこむような声と、未来にむかおうとする強い意思を秘めた瞳。

「香司は……それでいいのか？」

（オレが女の子に見えなくなっても）

香司は真摯《しんし》な眼差しで忍をじっと見つめ、うなずいた。

忍は、香司の手を握る指に力をこめる。

同じ強さで握りかえされ、胸が熱くなった。

「ホントに……？」

「俺を信じろ」

温かで決して揺るがない眼差しは、忍の不安も迷いも丸ごと抱き留めてくれるようだ。

おまえを護りたい。何があっても護ってやると、その瞳は語る。

「うん……」

忍は、香司の黒いスーツの肩にコツンと頭を押しつけた。

力強い腕が、慈《いつく》しむように忍の柿色《かきいろ》のセーターの背を抱く。

二人はそのまま、長いこと動かなかった。

＊　　　＊

翌朝は、快晴になった。

忍は一時間目の体育の授業のため、クラスの男子たちと一緒にグラウンドにいた。紺のジャージの上下を着ている。

吹きぬける風は冷たいが、陽射しは東京より強かった。

（うーん……太陽が眩《まぶ》しい）

昨夜はあのまま香司とベッドに入ったが、イチャイチャしている途中で眠ってしまった忍である。

そして、朝早く香司に鼻をつままれて目を覚ました。

——なんだよぉ……香司……。

不機嫌な忍が睨みあげると、香司はふっと笑って忍の額にキスし、「朝の清めの儀だ」と言った。

忍は「眠い」とぐずりながら起きた。

だが、この先、月兎学園にいるかぎり、清めの儀のための早起きは避けられない。

（ちぇーっ……雑巾《ぞうきん》がけから解放されたから、ゆっくり朝寝できると思ったのに）

今日の授業はサッカーだ。

ナイト志願の少年たちが牽制《けんせい》しあっているため、今は忍のまわりに他の生徒たちの姿はない。

香司も別の教室で、授業をしているはずだ。

（週に一日くらいは、朝寝坊してぇよなあ。……日曜日は清めの儀のスタート時間、遅く

してもらおうかな)

ぼんやりとグラウンドを見まわしていた忍は、ふと一人の少年に目を留めた。

小柄で、色白で、ぼーっとした雰囲気の少年だ。

綿毛のようにやわらかそうな茶色の髪で、体育の授業なのにまだ制服を着ている。

少年は他の生徒たちから離れたところに立って、みんなのほうを見ている。

(なんだ、あいつ？　ジャージ着てねえし……。忘れたのか？　いや、全寮制だから、忘れたって、取りに戻ればすぐだし……なんなんだろう。もしかしたら、ジャージ隠されて、いじめられてるとか？)

忍は少し首をかしげ、小柄な少年に近づいていった。

「えーと……君、ジャージ着なくていいのか？」

話しかけたとたん、少年は仰天したような顔で忍を見、後《あと》も振り返らずに駆けだした。

「え？　あ……おい！　ちょっと！」

呼び止めようとした時には、少年の姿は校舎のほうに消えてしまっていた。

(すげぇ足速《は》ええな。陸上部？)

心のなかで、忍が思った時だった。

「よお、昨日の夜、大浴場に来たそうだな」

いきなり、後ろから声をかけられ、忍は慌てて振り返った。

そこには、三帝の一人、月極蒼士郎が傲然《ごうぜん》と立っている。

蒼士郎の左右には、定礎蘭丸と建売樹也の姿があった。三人ともジャージ姿だ。

(なんだよ、こいつら……。とくにこの威張りんぼな奴……)

「行ったけど……」

「俺はいなかったろう」

「いなかったけど……」

(それが何?)

「残念だったな。俺は大浴場では一番風呂だから、あの時間にはいないんだ。よく覚えておくんだな」

蒼士郎の隣から、蘭丸も言う。

「ぼくも一番風呂ですぅ。樹也もね」

「ふーん……そうなんだ」

(で、男三人で一番風呂に入る自慢? なんなんだ、おまえらの関係は?)

忍は、眉根をよせた。

蒼士郎は、いっそうえらそうな態度になる。

「普通の奴らは俺たちより先に大浴場には入れない決まりだが、もし、おまえが希望すれば、特別に一番風呂を許可してやってもいいぞ」

「はあ?」

(なんで、おまえらに許可してもらわなきゃなんねぇんだよ)

露骨に嫌そうになった忍を見て、蒼士郎のこめかみがピクッと動いた。

「生意気ですぅ。超生意気ぃ。ちょっと可愛いからって、いい気になりすぎですぅ」

聞こえよがしに、蘭丸が言う。

(なんだよ、こいつ?)

「一番風呂……気持ちいいよ?」

樹也が忍を見上げ、気弱な表情でえへへっと笑う。

「いや、いいから」

忍はため息をつき、他の生徒たちのほうを見た。

その時、体育教師が笛を吹いて、少年たちを呼び集めた。

「はい、整列ー!」

(あ、行かねえと)

忍は蒼士郎たちに背をむけ、走りだした。

＊　　＊

忍の背中を見送り、三人の少年たちは顔を見合わせた。

「ふられちゃったですぅ。蒼ちゃん、かっこわるぅ」

意地の悪い口調で、蘭丸が言う。

「気に入らんな。こうなったら、力ずくで思い知らせてやろう」

ボソリと蒼士郎が呟き、昂然《こうぜん》と歩きだした。

「力ずくって何をするんですかぁ？　暴力はダメですよぉ」

「暴力じゃない。試合の最中にきつくマークして、あいつを倒せ。膝《ひざ》でもすりむいたら、そのまま保健室に拉致《らち》する」

蒼士郎の言葉に、蘭丸がニヤリとした。

「手当てをしてあげるよって言いながら、脱がせて、本当に男かどうか調べるわけですね。さすがは蒼ちゃんですぅ。やることがえげつないですぅ。ぼくはそんな汚いこと、思いもつきませんでしたぁ」

蒼士郎は顎《あご》をそびやかし、ふっと笑った。

「褒め言葉ととっておこう」

「え……あ……でも……よくないよ……」

ボソボソと樹也が言う。

「ああ？　なんだって、樹也？」

蒼士郎が樹也を睨《ね》めつける。樹也はびくっとなって、曖昧《あいまい》な笑顔を浮かべた。

「なん……でもないよ」

「おまえも協力するな、もちろん？」

「あ……うん……」

「よし、それならいいんだ」

蒼士郎はふんと笑って、樹也のジャージの肩をポンと叩いた。

＊　　＊

狙《ねら》われているとも知らない忍は、ボールを追って走っていた。

「忍ちゃん、意外とうまいね！　サッカー得意なのか？」

ナイトたちが、忍のまわりをガードするようにとりかこんでいる。

サッカーをするより、忍と話したいらしい。

(真面目にやれよ、おまえら)

忍は憮然《ぶぜん》とした表情でナイトたちを見、すっと集団のなかからぬけだした。

マークしてくる少年たちをかわし、ボールを受け取って先頭に立つ。

このあたりのテクニックは、超高校生級プレイヤーである五十嵐《いがらし》との特訓の賜《たまもの》だ。

周囲の少年たちが「おおっ」とどよめく。

「ナイスだ！　松浦！」

「いけ！」

声援が気持ちいい。

「まかせろ！」

忍は、一気にドリブルで突破しようとした。

その時、横から蘭丸が力いっぱい突っ込んできた。

「うわあああああああーっ！」

（危ねえ！）

悲鳴をあげて、忍は地面に転がった。

左膝に鋭い痛みが走る。

（つっ……！）

顔をしかめ、忍は自分の膝に目をむけた。

ジャージが破れ、泥と血に汚れた膝小僧がむきだしになっている。

（痛《い》ってえ……）

「あ……大丈夫ですかぁ？　怪我《けが》してますぅ」

おろおろして、蘭丸が尋ねてくる。

自分でやったくせに、忍が怪我をして痛がっているところを見たら、動揺してしまったらしい。

「ごめんなさい、松浦。立てますかぁ？」

「うん……大丈夫……」

痛みをこらえて立ちあがろうとした時だった。

後ろからのびてきた腕が忍を抱えあげ、歩きだす。

（え？　え？　ええっ!?　香司っ!?）

しかし、どうも様子が違うようだ。

すぐ側にあるのは、馴染《なじ》みのない短い金髪の頭だ。

（誰だよ、こいつ？）

「あの……下ろして……ください。オレ、大丈夫だから」

「いや、いちおう保健室で診《み》てもらったほうがいい。俺が連れていってやるから、授業のことは心配するな」

聞こえてきた声は、蒼士郎のものだ。

（ぎゃー！　威張りんぼ！）

忍は、ジタバタしはじめた。

しかし、蒼士郎はがっしりと忍を抱えたまま、歩きつづける。

「大丈夫ですぅ。保健室で診てもらって、なんともなかったら、すぐ戻れますぅ」

横から、蘭丸の声もする。

「痛く……しないから……たぶん」

さらに、不安げな樹也の声もした。

（……って、おまえら三人、そろって保健室についてくる気か!?　なんなんだよ!?）

「あ、君たち、授業は……!?」

後ろから、体育教師の声が聞こえてくる。

蒼士郎が振り返り、ドスのきいた声で言い返す。

「すぐ戻ります」

「しかし……」

「俺の判断です。ご心配なく。先生は、授業をつづけていてください」

それにあきれたのか、何を言っても無駄だと思ったのか、教師はそれ以上、三帝たちと忍を引き止めようとはしなかった。

（……って、事なかれ主義かよ！　おい！　止めろよ！）

なおもジタバタする忍を連れて、三人は保健室に入った。

＊

＊

「怪我をしたのは膝だけか？」

どさっと忍をベッドに下ろし、蒼士郎が尋ねてくる。

「膝だけだよ。……大丈夫だって言ってるだろ！」

忍は顔をしかめ、起きあがろうとした。

しかし、その肩や腕を少年たちが押さえつける。

（げっ……！　なんだよ、これ……!?）

「ちゃんと調べないとダメだ」

「まず、ズボンを脱いで手当てするですぅ」

（やべっ……！）

「放せよ！　触るな！」

忍は、じたばた暴れはじめた。

蒼士郎が小さな円眼鏡ごしにそんな忍を見下ろし、ニヤリと笑う。

「この俺が相手をしてやろうというんだ。ありがたく思え」

「なんの話だよ!?　誰がありがたいだって!?」

（ふざけんな！）

「樹也、しっかり押さえていろよ」

「は……はい」

おどおどした表情で、樹也が忍の足を押さえつける。

「バカ野郎っ！　放せ！　放せーっ！」

（冗談じゃねえよ！　こいつら、何考えてんだよ⁉　これも転校生への嫌がらせか⁉）

蒼士郎が、ジャージの上から忍の胸を撫《な》でまわしはじめる。

「……ないな。やっぱり男か」

「ばっ……バカ野郎！　あるわけねえだろっ！」

忍の頬が、カーッと熱くなった。

「貧乳の可能性もありますぅ」

蘭丸が、忍の肩を押さえこみながら楽しげな口調で言う。

「誰が貧乳だ⁉」

（オレは男だっつーの！）

「じゃあ、調べさせてもらおうか」

ジャージの上着のジッパーを引き下ろされ、忍は小さく息を呑《の》んだ。

ジャージの下は、白いTシャツ一枚だ。

（こいつら、まじで脱がせる気かよ……！　やべえ……！）

「怖いか、松浦？」

蒼士郎は、傲然と忍を見下ろす。

「怖くなんかねえよ！」

反射的に、忍は言い返した。

「威勢がいいな。……ますます好みだ」

「月極君、ホントにやっちゃうの？　よ、よくないと……思う……」

「いいから、おまえは黙って押さえてろ！」

「う……うん……。ごめん……」

すまなそうに、樹也が忍を見、顔を真っ赤にして横をむいてしまった。

Tシャツの上から蒼士郎に肌を探られ、忍は小さく息を呑んだ。

（や……！　変なとこ……触るな！）

「胸……本当にないな」

「どこ触ってんだよ……⁉」

「直接触ったほうがわかりやすいか」

Tシャツの下に、大きな手が滑りこんでくる。

忍は、悲鳴をあげそうになった。

（嫌だ……！）

その時だった。

「君たち、ぼくの保健室で何をしているのかな？」

聞き覚えのある美声が、そっと言った。

（え……⁉　この声……！）

忍は、目を見開いた。

三帝たちがいっせいに、声のほうに視線をむける。

「なんだ、おまえは⁉」

「知らない顔ですぅ！」

かすかな靴音が近づいてくる。

「新しく来た校医だけど？　それより、よってたかって転校生をいじめるのは感心しないな」

陽に焼けた手がのびてきて、ぐいと少年たちを引き離す。

現れたのは、長身の美青年——鏡野綾人である。

エレガントなグレーのピンストライプのスーツに白衣を羽織っている。

白衣の衿もとから、淡いラベンダーの綿シャツと白、青紫、赤紫の斜めストライプのネクタイが見えた。

（マジで⁉　ちょっと！　なんで、鏡野さんがこんなとこに⁉）

呆然《ぼうぜん》とする忍を見下ろし、綾人は綺麗《きれい》な顔で微笑《ほほえ》んだ。

「やあ、はじめまして。校医の鏡野です。大丈夫だったかい？」

「かっ……鏡野……先生？」

忍は慌ててベッドに起きあがり、座ったまま、ゴソゴソと後ずさった。

「校医かなにか知らないが、俺の邪魔をするな」

蒼士郎がいきなり、綾人に殴りかかってくる。

（危ねえ！）

そう思った瞬間、綾人が流れるような動作で蒼士郎の腕をつかみ、ひねりあげた。

「ぐっ……！」

綾人はほとんど力を入れていないのに、蒼士郎は苦しげに顔をしかめた。

「蒼ちゃん！」

「月極君にな……何をする……⁉　ぼ……暴力はよくないんだぞ！」

蘭丸と樹也が声をあげる。

綾人は少年たちを見、微笑んだ。

その全身から、冷たい妖気《ようき》がゆらり……と立ち上る。

樹也と蘭丸は急に怯《おび》えたような顔になり、バタバタと逃げだした。

「あ！　おい！　おまえら！　逃げるな……」

蒼士郎の声も、だんだん弱々しくなっていく。

「まだやる気かい？　いい加減にしないと、耳から手をつっこんで視神経をひっこぬくよ？」

少年の耳もとに綾人がそっと唇をよせ、妖艶《ようえん》な声でささやく。

その声に何を感じたものか、蒼士郎は一気に青ざめ、綾人の腕をふりほどいて逃げだした。

「覚えてろよ！」

捨てぜりふだけは、威勢がいい。

(何……やったんだよ？)

忍には、わけがわからない。

保健室のなかには、綾人と忍の二人だけが残された。

「危ないところだったね、ぼくの姫君」

長い指でやわらかな茶色の前髪をかきあげ、綾人は微笑んだ。

さっきとは違う、心からの笑顔だ。

忍は、まじまじと綾人の男性的な顔を見上げた。

「何してるんですか、こんなところで？　しかも、校医って……」

「君たちだけ、潜入させるわけにはいかないだろう。責任上、ぼくも来たんだ」

（だったら、言ってくれれば、心の準備もできたのに……）

忍は、ため息をついた。

「静香さん、どこにいるかわかったんですか？」

「いや、まだだよ。ぼくも来たばっかりだから」

そこまで言って、綾人は忍のジャージの膝を目で示した。

「そんなことより、忍さん、大丈夫かい？　痛くない？」

「え？　あ……いえ、大丈夫です。たいしたことないです」

慌てて、忍はベッドから下りようとした。

綾人が優しく忍を押しとどめ、消毒薬に濡《ぬ》らしたガーゼとピンセットを持ってきた。

「泥を落として、消毒したほうがいい」

「え……あ……すみません……」

「まくって」

事務的な口調で言われて、忍はおずおずとジャージの左足を膝までめくった。

綾人が、すっと忍の前に跪《ひざまず》く。

「綺麗な足だ。……男の子が三人でよってたかって女の子に怪我をさせるなんて、許せないね」

慎重に濡れたガーゼを押しあてられて、一瞬、忍はびくっとした。

「痛かったかい?」

綾人が顔をあげ、心配そうに尋ねてくる。忍は、首を横にふった。

「いえ……冷たいので、ちょっとびっくりして」

(……っていうか、なんで妖がガーゼで消毒してくれるわけ? 妖力とかそういうので、ちょいちょいってできねえのか?)

忍の心を読みとったのか、綾人がそっと言う。

「ぼくが、どうして妖力を使わないのかなって不思議に思っている?」

「はい……」

「うん。妖力を使えば、一瞬で治せるけどね。でも、人の身体には自然の治癒力が備わっている。それにまかせるのが一番なんだ。これはすり傷だから、ぼくが特別なことをしなくても痕《あと》は残らないだろう。自然に逆らわず、人間のやり方で傷を消毒しておけば、大丈夫」

丁寧に忍の傷口を清め、絆創膏《ばんそうこう》を貼《は》りながら、大蛇は静かに言った。

(意外とちゃんと物を考えてるんだ……。普段はいい加減に見えるけど)

失礼なことを思いながら、忍は綺麗な茶色の目を瞬《しばた》いた。

「さあ、これでもう大丈夫だ」

すっと立ちあがり、綾人は消毒に使った道具を片づけはじめた。

その白衣の背中にむかって、忍は頭を下げた。

「ありがとうございます……」

「お礼なんかいらないよ、ぼくの姫君。校医としての務めを果たしただけだ」

笑っているような口調で、綾人が答える。

(校医って、治療、大丈夫かよ……？　普通の生徒が来たら、どうする気だ？)

「じゃあ、オ……私、授業に戻ります」

言いかけた忍は、ふと綾人から預かっている指輪のことを思い出した。

(そうだ。忘れてた。あれを返さなきゃ)

指輪は、京都の事件の前に綾人から預かったものだ。

この指輪のおかげで、忍は香司にあらぬことを疑われ、危うく喧嘩《けんか》別れするところだったのだ。

綾人がなぜ、この指輪を忍に預けたのかは、よくわからない。

(母の形見とか言ってさあ、嘘《うそ》だったし)

指輪は今、忍のジャージのポケットのなかに入っている。寮の部屋に置いておくつもりだったのだが、たまに抜き打ちの持ち物検査が入ると聞かされ、置き場所に困って持ってきたのである。

ちなみに、反対側のポケットには香司からもらった一角獣のペンダントが入っている。

「すみません、鏡野さん」

綾人の背中に近づき、白衣を引っ張る。

肩越しに綾人が忍を見下ろし、少し眩《まぶ》しげな目をした。

「可愛いね、忍さんは。……で、どうしたの？」

忍は、黙ってムーンストーンの指輪を綾人に差し出す。

指輪の台はホワイトゴールドで、四角くカットされたムーンストーンがはめこまれている。

綾人の瞳が、優しくなる。

「ああ、これか。持っていてくれたんだね」

「もっと早く、お返ししたかったんですけど……」

「いいんだ。ぼくのお気に入りの指輪を君が持っていてくれるってだけで、うれしいから。それに、その指輪を持っているかぎり、弱い妖は君には近づかない。ぼくの妖気が染《し》みこんでいるからね。悪い虫《むし》除《よ》けだと思って、持っていたまえ」

「いえ。いりません」

忍は、はっきりと言った。

これ以上、一角獣のペンダントとムーンストーンの指輪を同時に持ち歩くのはやめにしたかった。

最愛の相手からの贈り物と綾人からの預かり物を一緒にしておくのは、何かよくないことのような気がした。

「オ……私には、香司さんという人がいますから、恋人でもない男性の持ち物を持って歩きたくないんです。ごめんなさい」

忍は、深々と頭を下げた。

綾人が寂しげに笑うのがわかった。

「つれないね、ぼくの姫君。君はたったひとことで、ぼくの心臓を握りつぶしてしまえるんだね」

「……すみません」

(でも、絶対ダメだ)

「しかたがないね。君がいらないと言うなら、無理強いはしないよ」

綾人は肩をすくめ、忍の手から指輪を受け取った。優美な仕草で、自分の中指にはめる。

「わずかな時間でも、君のもとにいられたこの指輪がうらやましいよ」

(……ったく、ホントにもう。オレのことは、いい加減あきらめてくれねえかな)

忍は心のなかで、ため息をついた。

「ねえ、忍さん、ぼくの指輪じゃなくて、君のために用意した指輪なら、受け取ってくれるかな?」

ふいに、綾人が何か思いついたような口調で言いだす。

(まだ言うか、こいつ)

「それは……困ります」

「でも、もう用意しちゃった」

ふふ……と笑って、綾人が忍の前で指をパチンと鳴らす。

(え?)

次の瞬間、綾人の手のなかに白詰草《しろつめくさ》の花が現れた。長い茎がついている。

(手品!?　でも……白詰草って……)

十一月に白詰草が咲いている場所など、あるはずがない。

「なんですか、これ……」

「忍さんの指輪だよ」

綾人は器用な手つきで白詰草の茎を編み、花の指輪を作った。

「はい、ぼくの大切なお姫さまへ」

忍は、まじまじと白詰草の指輪を見下ろした。

この季節にあるはずのない贈り物。

「自然には逆らわないんじゃなかったんですか？」

「愛のためなら、別だよ。ぼくの愛しい運命のひと。君のためなら、オリュンポスの花々だってとってこよう」

首筋が痒《かゆ》くなりそうなセリフを平気で言いながら、綾人は忍の手をとり、左手の薬指に花の指輪をそっと滑りこませようとした。

（ぎゃー！　しかも、左手の薬指だし！）

その時だった。

バタンという大きな音とともに、保健室のドアが開いた。

（えっ……⁉）

第三章　月兎学園《げっと》の七不思議

忍《しのぶ》の視線の先には、黒髪の少年が無表情に立っていた。

（げっ……！　香司《こうじ》……！）

慌てて、忍は綾人《あやと》から離れた。

香司は黙って、大股《おおまた》でこちらに近づいてきた。

忍は、恋人のほうから漂ってくる怒りのオーラを感じた。

綾人の手のなかの白詰草《しろつめくさ》の指輪は、香司がじろっと見た瞬間、現れた時と同じようにパッと消えてしまった。

（やべえ。すっげえ怒ってる……。どうしよう。誤解されちまった？）

何事もなかったような表情で、綾人は香司にむきなおった。

「やあ、香司君。どうしたんだい？　怖い顔をして」

香司は刺すような瞳《ひとみ》で白衣の綾人を見、低く言った。

「どうして、おまえがここにいる？」

「もちろん、潜入調査だよ。君たちと協力してやろうと思ってね」

「校医になりすます必要がどこにある？」

少しばかり乱暴に忍のジャージの肩をつかんで引きよせながら、香司は怒気を含んだ声で尋ねた。

「だって、ぼくは授業なんかできないからね」

しれっとした顔で言い、綾人は話題を変えた。

「ところで、どうやって調査するか決まったかい？」

「いや……」

話をそらすなと言いたげな目で、香司が呟《つぶや》く。

だが、積極的に綾人の言葉を遮るつもりはないようだった。

「じゃあ、作戦会議といこうか」

穏やかな口調で、綾人が言う。

＊　　＊

三人は、校医の机のまわりに集まっていた。

綾人も、もうおちゃらけた態度はとらない。

「この学園には、七不思議があるのを知っているかい？」

（え？　七不思議？）

忍と香司は、顔を見合わせた。

「そう。他愛《たわい》もないものなんだけどね。兎《うさぎ》の銅像が走るとか」

「はあ？　兎の銅像ですか？」

忍は、目を瞬《しばたた》いた。

（いきなり、何言いだすかと思ったら……）

「うん。どこの学校にも、怪談とか不思議な話はあるだろう。学校で何か怪異が起きた時には、七不思議を調べるのが定石《じょうせき》だ。……そうだろう、香司君？」

綾人に話題をふられて、香司は渋々ながら、うなずいた。

「そうだな」

（へえ……そうなんだ）

「でも、どうして兎の銅像なんですか？　二宮金次郎《にのみやきんじろう》とかマリア像なら、聞いたことがありますけど」

「月兎学園だから、兎をシンボルマークにしているんだ。本物の兎も飼っているよ。ちなみに、走る兎の銅像はガーデニング部のニンジン畑を荒らしているらしい」

（ホントかよ）

忍は、ため息をついた。

「で、残りの六つはなんだ?」

ボソリと香司が尋ねる。

「その二は、『奇跡の泉』だね。学園の裏手の泉の前で祈ると、どんなひどい傷でも治るって話だ。その三は、『時計塔の美少女』。学園の時計塔に、美少女の幽霊が出るらしい。その四は『ひとりでに鳴る音楽室のピアノ』。学校の怪談の定番だね。その五は『動く人体模型』、その六は『満月の薔薇窓《ばらまど》』。満月の夜に時計塔の薔薇窓の下で出会った二人は、かならず恋に落ちるそうだ。そして、その恋は常に悲恋に終わるらしい。ちょっと怖いね。その七が『別れ桜』。体育館の側《そば》にある別れ桜の花を一緒に見ると、そのカップルはかならず別れるらしい。以上だ」

「なるほど。それを調べていけば、何か手がかりにたどりつくかもしれんな」

メモをとりながら、香司が言う。

「じゃあ、どこから調べる? えーと……オ……私、幽霊と人体模型はパス。あ、音楽室も」

「忍さんは怖がりだね。そこが可愛いけれど」

綾人が、ふふと笑う。

「俺と忍は『奇跡の泉』と兎の銅像を担当する。おまえは、薔薇窓と『別れ桜』を調べろ」

　香司が綾人を見、少しばかり冷ややかに言った。

「え？　ぼくが悲恋に終わったり、恋人と別れてもいいのかい？」

「安心しろ。お似合いのご婦人を紹介してやる」

「お似合いのご婦人？」

「家柄は申し分なく、諸芸百般に秀《ひい》でていて、もちろん浮いた噂《うわさ》もない。有能で、しっかりした女性だ」

（なんだよ、それ？　誰のこと言ってるんだ？）

　忍は、首をかしげた。

　綾人も不信の眼差《まなざ》しで香司を見る。

「ルックスの話がいっさい出てこないね。もちろん、女性は外見じゃないけれど」

「ルックスは、痩《や》せているな」

「ふーん……。で、いくつだい？」

「おまえよりは確実に若い。安心しろ」

「ぼくは忍さんがいるから、いいよ」

「まあ、そう言うな。紹介してやるから」

「ずいぶん熱心だね。ちなみに、どこのお嬢さんだい？　まさか、蝶子《ちょうこ》さんじゃないだろうね」

「いや、蝶子じゃない。うちの義母《はは》の妹で、名前は和子《かずこ》という」

(げっ！　毒島《ぶすじま》さんじゃん！)

忍は吹きだしそうになって、慌てて口を押さえた。

綾人がチラリと忍の顔を見、香司の真面目《まじめ》くさった顔を見た。

「もしかして、噂の教育係かな？」

「おまえにぴったりだ」

「それはご親切に」

綾人は、「やれやれ」と言いたげな表情で白衣の肩をすくめてみせた。

「で、時計塔と人体模型と音楽室は誰が行くんだい？」

「時間があれば、俺が行く。余裕がなければ、おまえも手伝え」

「わかったよ。しょうがないね」

渋々ながら、綾人はうなずいた。

＊　　　＊

今日の放課後から調査をはじめる約束をして、忍は授業に戻った。

三帝たちはよほど怖い思いをしたのか、忍を遠巻きにしている。

体育の授業の後、更衣室に入ると、着替えていた男子たちがまた野太い悲鳴をあげ、股《こ》間《かん》や裸の胸を隠して逃げだした。

（バカ野郎）

午前中の授業が終わり、昼休みに入っても、忍はずっと不機嫌だった。

（オレがそんなに女に見えるのかよ。……見えるんだろうな。悪かったな）

ムスッとしていた忍はふと視線を感じて、教室の隅に視線をむけた。

また、あのぼーっとした小柄な少年が立っている。

しかし、忍と目があうと、少年は慌てて顔を伏せてしまう。

（なんだよ、あいつ。ホントに変な奴。……ああ、もう。そんなこと、どうだっていいんだよ。それより七不思議だよ。えーと……オレたちの担当は兎の銅像と泉だったよな？）

七不思議をメモしておいた生徒手帳をとりだし、勢いよく開く。

その拍子に、はらり……と一葉の写真が舞い落ちた。

写真は、綾人から預かった静香のポートレートである。

清楚《せいそ》な美少女は青い振《ふ》り袖《そで》を着て、一面の菜の花のなかに立っている。

（あ……しまった）

写真に手をのばした時、誰かが忍より先に写真を拾いあげた。

「うわー、可愛い。誰、これ?」

クラスの女子の一人が写真を手に、忍を見下ろしている。

「えー……いや……」

(やべえ。見られちまったよ)

なんと答えていいのかわからず、言葉を濁すと、少女の瞳がキラーンと光った。

「松浦《まつうら》の彼女?」

「え……?」

(なんだよ、いきなり? 彼女って?)

びっくりして、忍はまじまじと相手の顔を凝視した。

どうして、そういう発想になるのかわからない。

彼女という単語を聞いて、他の少女たちもうれしげに群がってくる。

「見せて、見せて」

「これが松浦君の彼女? 美人ー」

「こんな子がいるなら、どうして月兎学園なんかに……」

言いかけた少女の一人が、はっとしたように口を押さえた。

「あ、ごめんなさい。両家のご両親に交際を反対されて、引き裂かれたのね? そして、
こんな地の果てに押し込められちゃったんだ……。つらかったね……。でも、松浦君は行

方知れずの彼女を捜して、日本全国の高校を旅してるんだね。がんばって……」

あっという間に、別の物語ができている。

(はあ？　ちょっと待てよ。なんで、そういう話になるんだ？)

「違う……けど」

しかし、少女たちは忍の言葉など聞いちゃいない。

「男装の麗人と美少女って、どっちがどっちなのぉ？　忍ちゃんのほうがお姉さま？　それとも、この子がお姉さま？」

「待て！　それは言っちゃいけないことでしょ！　彼女よ、彼女！　松浦君はお・と・こなんだから」

「じゃあ、とりあえず、そういう路線で」

(何が『そういう路線で』だ？　おまえら、わけわかんねえぞ)

写真を回し見されながら、忍は憮然《ぶぜん》としていた。

その時、一人の少女がボソリと言った。

「この子、時計塔の美少女に似てない？」

そのとたん、女の子たちがいっせいに悲鳴をあげた。

「やめてよー！　怖い！」

「だって、似てるよ！」

「ちょっと待ってくれ。それ、どういうことだ？　時計塔の美少女に似てるって……」

（え？　時計塔の美少女？）

忍は、思わず立ちあがった。

時計塔の美少女の話を最初にふった少女が、声をひそめて言う。

「先週、あたし、視《み》たんだ。部活のみんなと肝試《きもだめ》しで時計塔にのぼったら、この写真の子によく似た女の子が窓のところにいて……。怖くて逃げちゃったけど、この子、ホントにそっくりだよ。髪もこんな感じだし……。もしかして、この子、月兎学園に関係のある子？」

「さあ……関係はないと思うんだけど。でも、ありがとう」

写真を返してもらった忍は、今度こそ落とさないようにノートにはさんで鞄《かばん》に入れた。

そんな忍の横では、少女たちがまだキャアキャア騒いでいる。

ナイトたちはまだ半信半疑だが、「男装の麗人」のはずの忍が女の子の写真を隠し持っていたことにショックを受けている。

＊　　＊

同じ日の夕方だった。

「お願いです。返してください。あれは、ぼくの宝物なんです……」

月兎学園の体育館の裏で、哀れっぽい声がした。

声の主は昼間に忍が見かけた、ぼーっとした小柄な少年だ。

少年の前には大きな楠《くすのき》があり、上のほうの枝に誰かがいるようだった。

しかし、少年がいる位置からは相手の姿は見えない。

梢《こずえ》のほうから、ギャアギャアと烏《からす》の鳴き声がした。五、六羽いるようだ。

少年は、びくっと身をすくめる。

カアカアと鳴く声は、少年の耳には「しつこいぞ。いい加減、あきらめたらどうだ」と聞こえた。

少年は、涙目になった。

「でも、あれがないと困るんです……。お願いします。せめて、半分だけでも……」

そのとたん、「うるさい」というように烏たちがいっせいに飛び立った。脅すように羽を広げ、少年の頭上をぎりぎりかすめて飛び交う。

「きゃっ！」

甲高い悲鳴をあげて、少年はその場にうずくまった。

木の上の妖《あや》しい気配は、ふっと消える。

傾きはじめた秋の陽《ひ》が、月兎学園のよく手入れされた生け垣を照らしだしている。

忍は学園の見取り図を片手に、体育館の側を歩いていた。

さっき香司とメールで話しあって、「時計塔を調べよう」ということになったのだが、残念ながら、香司はまだ職員室でつかまっているのだ。

教生としての細々した仕事は校長のはからいで免除されているとはいえ、職員室にいる以上、教師たちとのつきあいまで断るわけにはいかないのだろう。

しかたなく、香司が来る前に時計塔の位置を確認しておこうと思った忍である。

だが、学園が広すぎて、建物の位置関係がよくわからない。

(えーと、時計塔って体育館の裏からまわって、二号棟の横で曲がるのか？　塔だけは見えるんだけど、やたら遠いな)

歩いていくうちに、忍は体育館の裏手に鳥が飛び交っているのに気がついた。

鳥たちは、地面にうずくまった白い生き物を代わる代わるつついているようだ。

(あれ？　猫か……？　いや、兎だ。襲われてる……)

「やめろー！」

＊　　＊

とっさに、忍は白い兎に駆けよった。

鳥たちは、驚いたように四方八方に飛び去った。

「大丈夫か？　兎……」

兎はあちこち毛をむしられ、プルプル震えている。つつかれた耳や背中から血が滲《にじ》んでいた。

（かわいそうに……）

「ちょっと待てよ。……なんとかならねえか試してみるから。逃げるなよ」

言いながら、忍はブレザーの胸ポケットを探った。

指先に、ひんやりとしたものが触れる。

水晶の勾玉《まがたま》——生玉《いくたま》だ。

夜の世界の三種《さんしゅ》の神器《じんぎ》の一つで、忍の母方の家系、玉川《たまがわ》家に伝わっている。

まだ、忍はこの勾玉の力を自由に使いこなすことはできないのだが。

（これで傷、治せねえかな……。無理かもしんねえけど……）

忍は生玉を握りしめ、傷ついた兎にかざしてみた。

（頼む、生玉）

念じると、水晶の勾玉はほのかに暖かくなったようだった。

ふいに、兎のやわらかな白い毛がぼーっと淡く光りだす。

（おっ……効いてきたか？）
忍は、生玉で兎の背中をそっと撫《な》でてみた。
やわらかな毛が、ふくふくと膨らみはじめる。血が止まり、傷口が乾いてきた。
その時だった。
ポンと音がして、兎の身体《からだ》から白い煙が立ち上った。
「うわっ！」
（爆発したっ⁉）
思わず、忍は尻餅《しりもち》をついた。
煙のなかから、小柄な少年が現れる。
「あっ！　おまえ！」
教室にいた怪しい少年ではないか。
だが、その茶色の髪のあいだから生えているのは、白い兎の耳だ。
（白っ……！　耳……長っ！　兎っ⁉　ええっ⁉　兎耳っ⁉）
一瞬、忍は混乱した。
自分の目に映っているものがなんなのか理解できない。
「ぼくが視えるんだね。助けてくれて、ありがとう。ぼく、白兎《はくと》っていうんだ」
兎耳の少年は、細い声で言った。

「はくと？」

「白い兎って書いて、白兎だよ」

「……ってことは、おまえ……もしかして、兎の妖《あやかし》とか？」

「うん。よろしくね」

白兎と名乗った妖は、ペコリと頭を下げた。

忍はまだ呆然《ぼうぜん》としながら、立ちあがった。

（兎妖怪《ようかい》？　……っていうか、バニーボーイ？）

信じられなくて少年の後ろにまわってみると、ブレザーのズボンから、ぽわぽわの丸くて白い尻尾《しっぽ》が生えていた。

（マジですか）

思わず、指先をそっと尻尾にのばす。

気配を察したのか、白兎がプルルッと尻尾を震わせた。

（うわっ！　びっくりした！　びっくりしたよ！）

「触らないでよう。くすぐったい」

「あ、ごめん……」

（やっぱ、くすぐったいんだ）

忍はまじまじと白兎の顔を見、やわらかな白い毛に覆われた長い耳を見た。

その時、忍は出雲に来る直前のことを思い出した。

——男子寮に、情報通の妖がいるからだよ。静香の件もこの妖に訊《き》けば、わかるだろう。

(そうだ。鏡野《かがみの》さんが言ってたやつ！　まさか、こいつが……？)

「おまえ……もしかして、ここの寮に住みついてたりする？　情報通だったりする？」

忍の問いに、白兎はうなずいた。

「うん。でも、みんなにはぼくが視えないんだ。たまに、勘の強い子が気配を感じるくらいで……ぼく、寂しくて」

(えええええ？)

「寂しいってことは……死んじゃうだろ！　やばいよ！　オレが側にいてやるからな！」

慌てて白兎の肩をつかみ、揺さぶると、妖は目をパチクリさせた。

「死ぬの、ぼく？」

「自覚ねえのかよ！　なんで、こんなとこに一人でいるんだよ!?　もっと人のいるところにいなくちゃダメじゃねえか！」

白兎はシュンとなって、うつむいた。

「だって、ぼく……大事なものを取り返したくて」

「なんだよ、大事なものって？」

「ぼくの母さんの形見の傷薬。綺麗《きれい》な蛤《はまぐり》の入れ物に入っていて、塗るとどんなひどい傷も一晩で治っちゃうんだ。あれがなかったら、みんなの傷を治してあげられないよ」

「傷を治す……？」

どこかで聞いたようなフレーズだ。

（なんだったかな……？）

忍は、首をかしげた。

「ぼく、暇な時は学園の裏手の泉の側にいるの。それで、生徒が『傷を治してください』ってお祈りにくるから、こっそりつけてって、夜中に薬を塗ってあげるの」

「あれかー！『奇跡の泉』！おまえの仕業だったのか！じゃあ、もしかして、走る兎の銅像ってやつも……」

「よくわからないけど、ぼくかもしれない。前に銅像の側で、女の子に『視えた』って騒がれたことあるから」

「へえー……やっぱり、そうなのか。でも、おまえの傷薬、誰が取るんだ？普通は、視えねえんだろ？傷薬を取るなんて、器用なことできる奴って……」

プルプル震えながら、白兎は首を横にふる。

「違うんだ。人間じゃないんだ」

「人間じゃねえって？誰だよ？」

「言えない。絶対言えないよ……！　時計塔にいるなんて、口が裂けても言えない！」

半泣きになって、白兎が答える。

（こいつ……）

「時計塔にいるのか？　なんだよ、その化け物は？　まさか、美少女だったりしねえよな？」

「ちっ違う！　ぼく、知らないよ！　関係ない！　でっかい大蛇が女の子に化けてるなんて、絶対言わない！」

（ほほーお）

「なあ、言わなくていいから、その女の子のルックスを話してみろよ。髪は長いのか？」

「……知らないよっ」

「短いのか？」

白兎は、無言でふるふると首を横にふる。

「ふーん……。長髪か」

忍は、ニヤリとした。

（こいつ、チョロいな）

いつもは香司に可愛がられつつ、いじめられているので、こういうシチュエーションはめずらしい。

「いくつくらいの子だ？」

「し……知らないっ！　ぼく、知らないよ！」

白兎は、それ以上は口を割るまいと決めたようだった。

（ちぇー。でも、まあ、いいや。大蛇ってことは、どう考えても静香さんだよな）

忍は、校舎のむこうに見える時計塔に目をむけた。

灰色の塔は陰鬱《いんうつ》な空の下に高くそびえ、晴れた日には美しいステンドグラスの薔薇窓も今は死人の目のようにどろりと濁って見えた。

「あそこに行ったり……しないよね？」

震えながら、白兎が尋ねてくる。

「行くよ」

「えええええーっ!?　危ないよ！　おっかないよぉ！　人間なんか、ぺろっと呑《の》まれちゃうよ！　大蛇の使いの烏《からす》も気が立ってるし、今はやめといたほうがいいよう！」

（そんなにすげぇのか？）

忍は、眉根《まゆね》をよせた。

どうも、記憶にある静香とは違うようだ。

（大丈夫かなあ……）

＊　＊

「……そんなわけで、時計塔に行ってみてぇんだけど」

ようやく職員室から解放された香司にむかって、忍は事情を説明した。

白兎は、少し離れたところから香司の様子をうかがっている。どうやら、香司が怖いらしい。

「いいだろう」

ボソリと言って、香司は時計塔のほうに歩きだした。

相変わらず、四角い黒ぶち眼鏡をかけて、教生モードだ。

「香司、それ、いつまでかけてんだよ？　伊達眼鏡《だてめがね》にしたって、邪魔じゃねえのか？」

「いつ、どこで、ほかの生徒に見られるかわからんだろうが」

「まあ……それはそうだけど」

（せっかく香司と二人きりなのに、なんか……別の人と歩いてるみてぇな気分になるんだよな）

忍は、小さなため息をついた。

白兎は、後ろから恐る恐るついてくる。

「行くの？　やめといたほうがいいよ……」

香司が、スーツの肩ごしに白兎をふりかえった。白兎は大きく目を見開き、そのままの姿勢で固まってしまう。

「心配性の兎だな」

ふんと鼻で笑い、香司はまた前をむいて歩きだした。

その時だった。

「あーっ！　松浦ですぅ！」

いきなり、左手のほうから聞き覚えのある声がした。

（え？　この声……）

忍は、声のほうに目をむけた。

そこには、三帝たちが立っている。

（ぎゃーー！　出たーー！）

香司も「やれやれ」と言いたげな顔で、三人の少年たちに視線をむけた。

「教生も一緒か。何をしているんだ、おまえたちは？」

蒼士郎《そうしろう》が腕組みして、忍と香司を睨《ね》めつける。

（えーと……やばいかな。香司と一緒にいるとこ見られちまったの……）

忍が黙っていると、香司がボソリと口を開いた。

「君たちこそ、何をしているんだ？」

（へっ？　君たち？　君たちですか？　……あ、そっか。教生モードだから、しゃべりかたも変えてるのか。一瞬、びっくりした……）

「パトロールだが？」

えらそうな口調で、蒼士郎が答える。

「パトロール？」

忍は、目を瞬いた。

「うん……あの……最近、出るんだ」

おどおどした表情で、樹也《みきや》が言いだす。

「出るって、痴漢かなんかか？」

「ううん……そうじゃない……。ゆ、幽霊が出るんだ。この時計塔のまわりに。ホント……だよ」

「マジで!?」

怖がりの忍は、つい声が裏返ってしまう。

「本当ですぅ。だから、みんな時計塔には近づかないですぅ。それなのに、あんなところで何する気ですかぁ？　あ、もしかして、逢《あ》い引《び》きですかぁ？　松浦も隅に置けないですぅ」

蘭丸《らんまる》がニヤリとした。

逢い引きという言葉に、蒼士郎が眉をピクッと動かす。狙っていた忍を横取りされたようで、面白くなかったらしい。

「来る早々、生徒に手を出すとはいい度胸だな、鈴木《すずき》」

(鈴木って誰だ？)

忍は、首をかしげた。それから、少し遅れて、香司の偽名だと思いあたる。

香司は、憮然としていた。

「一緒に歩いていただけで、手を出したという話になるわけか。いつの時代の高校生だ、君たちは？」

「うるさい！　おまえが松浦を狙っているのは、事実だろうが！　疚《やま》しい気持ちがなければ、人けのない時計塔に連れ込もうとするわけがない！　たしかに、いい場所だよ。幽霊話が広まって、誰も近づかないからな」

蒼士郎は、香司を睨めつけた。

「つまらん誤解だな」

「じゃあ、時計塔になんの用だ⁉」

ずばりと突っ込まれて、香司は無表情になった。

(どうすんだ、香司？　やばいぞ)

忍は、はらはらしている。

「来たばかりで、学園のなかをよく知らないから探検して歩いていただけだが」

「どうして二人でいるんだ？」

「新参者同士で誘いあって来たんだが、何か問題でも？」

香司と蒼士郎は、互いの目を睨《にら》みあった。

（あーあ……）

忍は曇り空を見上げ、ため息をついた。

結局、その日は三帝たちの監視の目があったため、忍と香司は時計塔には近づけなかった。

白兎もいつの間にか消えてしまった。

＊

＊

蠟燭《ろうそく》の炎が揺れている。

季節外れの嵐《あらし》が、松江《まつえ》を襲っていた。

停電のため、月兎学園は闇《やみ》に沈んでいた。

そんな学園の男子寮の一室――忍の部屋のドアを軽くノックする音がした。

一回叩いてワンクッション置き、三回連続で叩いている。

(香司？)

セーターにジーンズ姿の忍は、薄くドアを開いた。

黒髪の少年が、外の冷気をまとって滑りこんでくる。黒いスーツ姿だが、黒ぶち眼鏡はもう外している。

「誰にも見られなかったか？」

声をひそめて尋ねると、香司は小さくうなずいた。

少年たちは、ギュッと抱きあった。

机の上の蠟燭の炎が、恋人たちを照らし出す。

「ひどい嵐だな」

忍から離れ、香司が呟く。

「うん……。時計塔、明日は行けるかな」

「連中の来ない時間を狙おう。二十四時間、パトロールしているわけでもあるまい」

「そうだね」

忍は、カーテンの隙間から時計塔のほうを見た。

漆《うるし》を流したような闇のなかでは、塔の輪郭さえわからない。

（あそこに静香さんがいるのか）

「怖いか？」

小声で尋ねられて、忍は首を横にふった。

「大丈夫だよ。……香司がいる」

（おまえがいれば、怖いことなんか何もねえ）

その想いが伝わったのか、香司はかすかに笑った。

「可愛いな、おまえは」

「なんだよ、可愛いってのは」

からかわれたような気がして、忍は眉根をよせた。

香司が、ふっと真顔になる。

「この学園でも、アプローチしてくる連中がずいぶんいる。婚約者としては少々、心配なんだが」

「またそんなこと言って……。アプローチしてくるっていったって、男ばっかりじゃん。オレは、そういう趣味ねえもん」

「……そうか」

「香司は別だぞ。男でも女でも、関係ねえ。香司だから……」

言いかけて、ふと我にかえって、忍は照れた。

(言えねえ……。面とむかって……)

愛を交わしている最中ならば、もっと恥ずかしいことも口にだせるのだが。

香司が何かを期待するような目になって、忍をじっと見る。

「俺だから?」

(好き……なんだけど)

恥ずかしくて後半の言葉を呑みこむと、香司が催促するように忍の額に軽く額を押しつけてきた。

「忍?」

「えーと……嫌い」

「おい」

「……の反対」

小さな声でささやく。

香司は優しく微笑み、忍の胸もとの一角獣のペンダントヘッドをすくいとって、軽く口づけた。

(香司……)

香司の指にも狼《おおかみ》の指輪がはまっていた。

ペンダントと指輪は、同じデザインだ。さり気なく、おそろいになっている。

どちらも九月の忍の誕生日にあわせて、香司が買ったものである。

（なんか……ドキドキする……）

香司は、大切な宝物のように両手で忍の頭を抱きよせた。

額にキスしながら、そっと言う。

「この任務が終わったら、一緒に暮らそう。俺の部屋で」

「え……？　でも……毒島さんは？」

（絶対、怒られるぞ）

忍は、目を見開いた。

思わぬことを耳にして、胸の鼓動が速くなる。

香司が照れくさそうな表情で、忍の顔を見下ろしてきた。

「おまえの呪《のろ》いはもうすぐ解ける。そうすれば、もうこれ以上、毒島に嘘《うそ》をつく必要もなくなる。俺は父親にもはっきり言って、おまえと一緒に暮らす許可をもらうつもりだ」

「香司……」

（ホントに……？）

信じられなかった。

香司は、そこまで決意してくれていたのだ。

自分が遠慮や不安から、まだためらっているうちに。

（あれ……？）

忍は、綺麗な茶色の目を瞬《しばた》いた。

うれしくてたまらないはずなのに、なぜだか涙が出て止まらない。

（どうして泣いてるんだろう、オレ……）

「どうした、忍？」

少し不安げな目になって、香司が尋ねてくる。

「よく……わかんねえ……。でも……うれしい……」

「うれしいのに泣くのか。困った奴だ」

優しい声でささやき、香司は忍の花びらのような唇に唇で触れてきた。

小鳥がついばむようなキス。

「だって……香司……」

忍は恋人の肩に頰《ほお》を押しあて、背中にギュッとしがみついた。

力強い腕に抱きしめられ、頰の涙を拭ってもらいながら、忍はもう死んでしまってもいいと思っていた。

（どうしよう。すごく幸せ……）

「忍……愛してる」

耳もとで、情熱的な声が響く。

めた。

「オレも……」

もつれあうようにしてベッドに倒れこんだ恋人たちは、貪《むさぼ》るように口づけをかわしはじ
ベッドの側の床に、忍の衣類がふわっと落ちる。

「おまえを幸せにしたい」

一度、身を起こして、スーツのジャケットを脱ぎ、もう一度覆いかぶさってきた香司が想いをこめた口調でささやく。

闇のなかで忍を見下ろす白い顔は、夢のように美しかった。

「もう……幸せだよ……」

(ずっと、このままの時間がつづけばいい……)

熱い肌を恋人にすりよせ、忍は無意識のうちに切なげな吐息をもらした。

香司も忍の肌を指と唇でたしかめながら、一つ一つ丁寧に忍のくすぐったがる場所を愛撫してゆく。

首筋から鎖骨へ、鎖骨から胸の突起へ。そこから、さらに下へ。

「香司ぃ……」

忍の裸の肩が、びくんと震える。

おかしいくらい、肌が熱くなってくる。

（なんか……オレ……変だ……。すごく……変になる）

無意識に香司の身体《からだ》にしがみつくと、それを同意と受け取ったのか、シャツに包まれた逞《たくま》しい背中が緊張した。

「忍……」

黒髪の恋人は忍の陽に焼けたしなやかな身体を押さえつけ、一気に貫いてくる。

忍の喉《のど》から甘やかな悲鳴があがる。

二度と離れまいというようにからみあう指、陽に焼けた目尻を伝う透明な涙。

（溶けてしまいたい……このまま……香司と一つになって……）

甘い痺《しび》れをともなった強烈な眠気のようなものに襲われ、ふっと意識を手放しながら、忍は耳もとでくりかえし自分を呼ぶ香司の切なげな声を聞いていた。

＊　　＊

昼だというのに空は薄暗く、時おり潮の香りのする生暖かい突風が吹きぬけてゆく。

月兎学園の時計塔は、重くたれこめた空を背景に幽霊のように青白く浮きあがって見える。

「ほ……ホントに行くの？　行くの？」

歯をカチカチ鳴らしながら、白兎が忍と香司にむかって尋ねる。

忍が説得して、なんとか時計塔の近くまで来てもらった白兎だが、すでに目が怯《おび》えたようにまん丸になり、尻尾が左右にプルプル震えている。

今日は、三帝はいなかった。

寮の立派な集会室を使って、蒼士郎主催のお茶会が開かれているのだ。

「おまえの大事な傷薬も取り戻してやる。だから、大蛇のいるところまで案内しろ」

香司が黒ぶち眼鏡ごしに白兎を見、ボソリと言う。相変わらずの黒いスーツ姿だ。忍は、ブレザーを着ている。

白兎が時計塔を見上げ、ぶるぶるっと身震いした。

「無理……絶対無理。ぼく、行かないよ。無理だからね」

どうやら、何があっても時計塔のなかに入る気はないらしい。

香司は「やれやれ」と言いたげな顔になって、肩をすくめた。

「しかたがない。じゃあ、おまえはここで待て。後から誰かが来たら、すぐ知らせろ」

「う……うん」

怯えた顔で、白兎がうなずく。

「でも、ホントに行くの？　呑まれちゃうよ？　行ったら、怖い目にあうよ？」

「大丈夫だ。相手が大蛇なら、こっちには八握剣《やつかのつるぎ》もあるし、忍の〈大蛇切《おろちぎ》り〉もある」

である。

〈大蛇切り〉というのは、先日の京都での事件の時、忍が京の鬼たちから預かった小刀で

水性の妖を剋《こく》す力を秘めており、水性の大蛇には特に有効だ。

鏡野継彦《つぐひこ》と戸隠《とがくし》相手にも、絶大な力を発揮した。

（でも、女の子相手に〈大蛇切り〉使うのって、まずくねえ？）

心のなかでそう思って、忍はため息をついた。

まだ、時計塔の美少女が静香と決まったわけではない。

（……っていうか、話が違いすぎるんだよな。静香さんは楚々《そそ》とした美少女だったのに、白兎の話に出てくる大蛇の女の子はすげぇおっかねえみてぇだし……）

「行くぞ」

香司が優美な足どりで歩きだす。

忍は一度、学園のほうを振り返った。

（えーと……鏡野さんに教えなくていいのかな）

昨日は清めの儀の準備や断っても断っても訪ねてくるナイトたちの相手で忙しく、結局、綾人の保健室へは行けなかったのだ。

今朝は土曜日で授業は休みだったが、側にずっと香司がいたため、綾人に会うことはできなかった。

忍も不用意な名前を出して、香司の機嫌をそこねるのが嫌で、なんとなく言わずじまいになってしまった。

「何をしている、忍?」

香司が振り返って、眉根をよせた。

不機嫌そうな顔をしていても、ゾクゾクするほど綺麗だ。

(うわ……。見惚《みほ》れてる場合じゃねえけど……でも……かっこいい)

「忍」

「あ……ごめん。今、行く」

忍はブレザーの懐《ふところ》の小刀をたしかめ、小走りに香司の後を追った。

どこかで、遠雷が鳴った。

嵐が近い。

*　　*

「御剣香司と松浦忍がやってきたようでございます」

闇のどこかで、低い声が報告している。

「そう。思ったより、早かったですね」

答えたのは、冷ややかな少女の声だ。

「いかがいたしましょう?」

最初の声が尋ねる。

「しばらく、泳がせておきなさい。ただし、時計塔に入ったら、二度と外には出さぬように」

「は……。かしこまりました」

声と一緒に、何か乾いたものが石の床にぶつかるようなカラカラという音がする。

短い沈黙の後、マッチをする音がして、闇のなかにオレンジ色の小さな炎が点《とも》った。

マッチを持つのは、なよやかな白い手。

小さな明かりは、少女の形のよい顎《あご》と長い漆黒の髪を照らしだした。

血のように赤い唇が、妖しい笑みの形を作る。

「待っていたわ、伽羅《きやら》……いいえ、御剣香司」

ささやくような声には、歓喜の響きがある。

数秒後、マッチの炎の灯《あか》りのなかで、少女はふっと真顔になった。

「それで、ここはどこかしら? 時計塔ではないようですが」

炎に照らしだされたのは、がらんとした生物室だった。

壁の棚に置かれたホルマリン漬けの蛙《かえる》や蛇、青や茶色の薬瓶、無機的な実験器具の数数。

カーテンが開かれた窓のむこうには、果樹園とそのむこうの時計塔の細長いシルエットが黒っぽく浮かびあがっていた。

「ご主人さま、ここは生物室でございます」

カラカラと音をたてて近よってきたのは、人体模型だ。

歩くたびに、腕の骨が肋骨《ろっこつ》にぶつかって乾いた音をたてる。身体をささえていたスタンドは、床の隅に転がっていた。

この月兎学園に巣食う九十九神《つくもがみ》で、「動く人体模型」として学園七不思議の一つにも数えられている。

今のところは、つい最近迷いこんできた少女を気に入り、その手下におさまっていた。

「生物室？　私は時計塔に行きたいのですよ」

「また迷ったんでございますね」

人体模型は、カタカタと歯を鳴らして笑った。

「お黙り！　時計塔への道を教えなさい！」

少女が頬を赤く染めて怒鳴る。

人体模型の言葉が、図星だったからだ。

「時計塔はこの建物を出て、北へ……」

「わかったわ」

「あ、ご主人さま、そちらは違います！　方向が逆でございます！」

慌てて、人体模型が制止する。

しかし、少女は方向音痴特有の根拠のない自信を持って、まっすぐ時計塔と反対側へ歩きだす。

人体模型は困ったように骨を鳴らし、カクカクした足どりで少女の後を追いかけた。

＊　　＊

ギギギギギ……と不気味な音をたてて、時計塔の観音開きの扉が左右に開いた。

黴臭《かびくさ》い風が渦を巻いて流れだす。いや、風だけではなく、強烈な妖気も混じっている。

（げ……）

忍は、わずかに怯《ひる》んだ。

こんなに強い妖気は、感じたことがない。肌がヒリヒリして、喉が痛くなってくる。

（なんかやばいんじゃねえか、これ……）

「ひどい妖気だな。用心したほうがよさそうだ」

ボソリと香司が呟いた。

「大丈夫か、香司。なんか、すげぇ嫌な予感がするんだけど」

身震いして、忍は恋人のスーツの裾《すそ》をつかんだ。

香司が忍を見、かすかに微笑む。

「大丈夫だ。俺がついている」

「うん……。印香《いんこう》とか呪符《じゅふ》……ちゃんとあるよな？」

「ああ。〈青海波《せいかいは》〉もある。心配するな」

「うん。……がんばって静香さんを捜そう」

少年たちは目と目を見交わし、どちらからともなく時計塔のなかに踏みこんだ。

時計塔の内部は窓から光が入るため、薄明るかった。弱い光のなかで、銀色の埃《ほこり》が舞っているのが見える。

階段は木で造られており、過去に掃除された形跡があった。

まったく人が立ち入らないというわけでもないらしい。

（お化けでも出そうな感じ。……っていうか、出るんじゃゃん。美少女の幽霊がっ！）

びくびくしながら歩いていくと、ふいに、時計塔の外で稲妻が光った。

（うわ……！）

つづいて、鈍い雷鳴が轟《とどろ》きわたる。

「近いな……。大丈夫かな、時計塔。雷落ちたりしねぇよな」

忍は、香司の腕をつかむ指に力をこめた。

「降りだしそうだな。早く片づけて、帰ろう」

チラと窓の外を見て、香司が言う。

再び、雷鳴があたりを震わせた。

ほぼ同時に、鉛色の空を引き裂くようにしてジグザグの光が走った。重なりあう雲のむこうが、時おりぼんやりと明るくなる。

(げっ……)

「幽霊見物には、絶好の日和《ひより》だな」

「やめろよー」

「怖いのか?」

香司は片手で黒ぶち眼鏡を外し、スーツの胸ポケットにしまった。

稲光に照らされた白い顔には、状況を面白がるような色がある。

(バカ野郎)

ふいに、大粒の雨が時計塔の窓ガラスを叩きはじめた。

ザーッという雨音が、忍たちを包みこむ。

「いよいよ降りだしたぞ、香司。……帰りは、びしょ濡《ぬ》れかも」

「傘を持ってくればよかったな」

階段を上りながら、香司が、ため息をつく。

三度目の雷鳴が轟きわたった。

轟音《ごうおん》とともに、時計塔が揺れる。

「うわっ！」

（なんだ⁉）

「大丈夫か、忍⁉」

とっさに、香司が片手で階段の木の手すりにつかまり、もう一方の腕で忍の腰を抱く。

忍も手すりにつかまり、身震いした。

「大丈夫だ……」

（なんだったんだ、今の……）

「近くに雷が落ちたのか……」

言いかけた香司がふと口をつぐみ、階段の踊り場を見あげた。

忍も、踊り場に視線をむける。

（あ……！）

そこには、人体模型が立っていた。

「なんだよ……！　びっくりした……！　脅かすなよ」

忍は、はあ……と息を吐いた。

その時、階段の下のほうから誰かが駆けあがってくる音がした。

（え？　誰か来る……）

振り返ると、そこには息を切らした少女がいた。

長い黒髪と黒い瞳、上気した薄桃色の肌。顔は静香のものだが、雰囲気は別人のようだった。

身につけているのは、セクシーな赤いスリップドレス。

しかし、どうもサイズが大きすぎるらしく、裾を引きずっている。胸のあたりもぶかぶかだ。

細い左手首には、蛇が巻きついたようなデザインの金のブレスレットが輝いていた。

「ようやく間に合った」

はぁはぁ言いながら、静香は忍たちを押しのけ、階段の踊り場までのぼった。

人体模型の隣で腕組みして、忍と香司を見下ろす。

「よく来たな、御剣香司……いいえ、伽羅。そして、松浦忍」

傲慢《ごうまん》な響きのある声が、時計塔のなかに響きわたる。

「し……ずかさん？」

（たしかに、これ……別人だ）

忍は、ゴクリと唾《つば》を呑みこんだ。

どう見ても、東京で出会った清楚な美少女と同一人物とは思えない。

香司は、特に感想はないようだ。

「鏡野静香か」

少女が、傲然と香司を見下ろした。

その頬が薔薇色に染まっているのは、生物室から急いでやってきたせいばかりではないようだ。

「そうだ。私が鏡野静香だ」

「こんなところで何をしている？　おまえの従兄《いとこ》が心配して迎えにきているぞ」

香司の言葉に、静香は笑った。

「本家が？　それは面白いな」

(別人だよ……。やっぱ、ぜんぜん違う)

忍は、まじまじと静香を見つめた。

「あの……オ……私のこと、覚えてないんですか？　東京で会いましたよね？」

初めて、静香が忍を見た。

好意のかけらもない目だった。

「覚えている。それが何か？」

「え……。あの……心配したんですよ？　急に行方不明になっちゃうし……。なんで、こんなとこにいるんですか？」

静香は、そう訊かれるのを待っていたといわんばかりに微笑んだ。

「鏡野家を手に入れるためだ」

「え……⁉」

（おい……！　マジかよ！）

思わぬ言葉に、忍は息を呑んだ。

いったい、何がどうなって、こんなことになってしまったのだろう。

（誰かに操られてるのか？）

「なんで、鏡野家を手に入れるなんて……⁉　東京で会った時は、そんなことしたくないって言ってなかったか⁉　……まさか、叔父さんと結婚する気になってるんじゃね……なくって⁉」

「継彦叔父と？　この私が？」

静香はさも面白いことを聞いたというふうに、声をあげて笑った。

笑いながら、ゆっくりと階段を下りてくる。

何かゾッとするようなものを感じて、忍は一歩後ずさった。

強い妖気が渦をまき、階段を流れ落ちてくる。足もとが氷のように冷えはじめる。

窓ガラスを叩く大粒の雨。

「忍、俺が合図したら、一気に走れ。外に逃げるんだ」

声をひそめて、香司がささやく。

「香司……」

「いいか。俺にはかまうな。鏡野綾人に事情を話せ。あいつに護《まも》ってもらえ。いいな」

まっすぐ静香を見据えたまま、香司はそう言った。

(香司……おまえ……)

まさか、恋敵である綾人に護ってもらえと口にすることなど、ありえないと思っていたのに。

そこまで、状況は危険なのだろうか。

わけのわからない不安を感じて、忍は首を横にふろうとした。

(嫌だ……。香司……)

しかし、妖気はますます強くなってくる。

「伽羅は絵姿で見るより、ずっと綺麗だ」

強い眼差しで香司を見下ろしていた静香が、少しやわらかな口調になって言う。

「絵姿?」

香司が、眉をひそめた。

「原宿《はらじゆく》とやらで見た。壁にかかっていた大きな絵姿……」

（あの看板かよ！）

忍は、ゴクリと唾を呑みこんだ。

静香の意図がわからない。ただ、危険が迫っていることだけはわかった。

「香司……」

言いかけた時、静香が白い腕をすっとあげた。

「気に入ったぞ、伽羅。私と一緒にくるがよい」

「ちょっと……！　待てよ！　香司はオ……私の婚約者だぞ！」

思わず、忍は声をあげていた。

静香がじろりと忍を見、冷ややかに笑った。

「私のほうが、ふさわしい」

「な……に勝手なこと言ってるんだよ!?　香司はなあ、巨乳好きなんだぞ！　おまえみたいのなんか、好きになるわけねえだろ！」

香司が「なんの話だ」と言いたげな目になる。

静香は自分の胸を見下ろし、慌ててぶかぶかの胸もとを左手で隠した。

「そなただって、胸はなかろう」

「……なくて悪いか」

「言っておくが、男のそなたよりはマシだ」

はっきりした口調で、静香が言いかえす。

(え……⁉　知ってる……⁉　なんでだよ……⁉)

忍は、綺麗な茶色の目を見開いた。

「私は男なんかじゃ……」

「隠しても無駄だ。男同士で婚約など、笑止千万。少しばかり顔が可愛いからといって、伽羅にベタベタするのは筋違いだ。そなたに用はない。去れ」

静香が白い腕をあげ、忍を指差す。

その瞬間、忍の足もとに虹色《にじいろ》の光の輪が出現した。

(え？　何、これ……)

虹色の輪のなかで、強い妖気が渦をまいた。

「忍！」

危険を察知したのか、香司が声をあげ、恋人の腕をつかもうと手をのばす。

しかし、香司の手は視えない何かにはばまれたように弾《はじ》かれる。

虹の輪のなかで、ゴウッと風が巻きおこった。

嵐のような風に、忍は息を呑んだ。

(嘘……！)

前が見えない。

「うわああああああーっ！」

「忍っ！」

風のむこうから、香司の叫びがかすかに聞こえた。

「香司ーっ！　うわあああああーっ！」

すさまじい風にまきあげられ、どこかに運び去られながら、忍は悲鳴をあげ、必死に手足をバタつかせた。

身体が完全に宙に浮いているのがわかる。

（やばい！　落ちる！）

「忍ーっ！」

もう香司の姿も見えない。

荒々しく空中に放《ほう》り出《だ》されたと思ったら、ふいに忍の頭が何かにガツッとぶつかった。

忍の意識は、そこで途切れた。

＊　　＊

気がつくと、忍は藁《わら》のなかに仰向《あおむ》けにひっくりかえっていた。

（え……？　ここ……どこ？）

ぼんやりとした目に映るものは、見覚えのない粗末な木の梁《はり》と板を打ちつけただけの壁だった。

あたりは薄暗く、雨の音が響いてくる。

横を見ると、茶色の兎がヒクヒクと鼻を動かしていた。

その後ろには、白い兎が五、六羽いる。

(兎?)

ズキズキする頭を押さえて起きあがると、目の前には針金の網が張ってあった。

どうやら、兎小屋のなからしい。

天井の一部が破れて、雨が降りこんでくる。

忍は、そこから落ちてきたようだ。

(……ってえ……。身体中、痛《い》てえーよ)

顔をしかめ、制服のズボンをまくりあげてみると、あちこち青痣《あおあざ》ができていた。

手の甲や肘《ひじ》にも打撲傷や擦り傷がついている。

(ひってえなあ。……そうだ。香司!)

ハッとして、あたりを見まわした時、左手のほうから驚いたような声がした。

「どうして、兎小屋のなかにいるの?」

(え?　この声……)

　忍は、慌てて声のほうにむきなおった。

　そこには、いつ現れたのか白兎が立っていた。

　白兎は、茶色い兎を抱いている。

　その足もとには、三、四羽の兎がよりそい、団子になって目を閉じていた。寒いので、暖をとっているらしい。

「おまえこそ、なんで兎小屋んなかにいるんだよ？　時計塔の外で待ってろって言ったろうが！」

「ごめんね……怖かったから」

　シュンとした様子で、白兎がうなだれる。

（……そうだ。こいつを責めてる場合じゃねえよ）

「ああ、もう、それはいいよ。それより、ここから出なきゃ。香司が……」

「香司？　あの人、もしかして、まだ時計塔のなかに？」

「ああ」

　忍の言葉に、白兎は身震いした。

「大変だ。大蛇に呑まれちゃうよ」

「マジで!?　冗談じゃねえよ！」

　忍はよろめきながら立ちあがり、兎小屋の扉を開けようとした。

しかし、外から鍵《かぎ》がかかっているらしく、開かない。

（バカ野郎！　なんで、こんな時に……⁉）

「開けろ！　誰か！」

扉に体当たりしようとした時、白兎が忍を止めた。

「ぼくにまかせて。開けてあげるよ」

第四章　呪《のろ》いの真実

松江《まつえ》を襲った嵐《あらし》は、まだ荒れ狂っている。

時計塔の窓ガラスごしに、激しい雨と風の音が聞こえてきた。

「忍《しのぶ》をどうした？」

香司《こうじ》は冷ややかに静香《しずか》を見、尋ねる。

虹色《にじいろ》の光の輪は、もう消えていた。そこに立っていたはずの忍の姿もない。

「安心しろ。殺してはいない。怪我《けが》一つなく、藁《わら》の上に落ちたはずだ」

傲然《ごうぜん》とした口調で、静香が答える。

言葉の調子とは裏腹に、頬《ほお》を染め、ひどくうれしそうな様子である。憧《あこが》れの伽羅《きゃら》と二人きりになって、舞い上がっているのだ。

（藁？）

香司は、眉根《まゆね》をよせた。

静香の言葉は意味不明だが、少なくとも忍は無事でいるようだ。

「伽羅。おまえのことは、そう呼ばせてもらう」

「どうぞ、お好きに。それで、俺と話したいことというのは？」

(忍に聞かせたくない話か？)

もし、静香が綾人《あやと》の従妹《いとこ》でなければ、香司ももっと違った態度をとっていたかもしれない。

しかし、いちおう、静香が鏡野《かがみの》分家の長女であるということも考えると、あまり乱暴な真似《まね》もできなかった。

やむなく、香司は慎重に相手の出方をうかがっていた。

本当ならば、忍の無事をたしかめるため、すぐにでも飛びだしていきたかったのだが。

「松浦《まつうら》忍の呪いのことだ」

(さっきの口ぶりでは、女に見える呪いだというのも知っているようだったが……)

「それで？」

「呪いを解くために、清めの儀を行っているそうだな」

(そこまで知っているのか)

「十一月中には、終わる」

顔色一つ変えず、香司は答えた。

静香が、どうやってその情報を得たのかはわからない。

しかし、いつかはこの日がやってくることを香司は心のどこかで予想していた。

人間か妖《あやかし》かはわからない。

だが、いつの日か誰《だれ》かがやってきて、「忍の呪いのことを知っている」と言うだろうと。

相手が、静香だとは思ってもみなかったが。

「本当に終わるかな」

「俺は終わらせるつもりだ」

「清めの儀は、松浦忍を呪いから自由にはするだろう。しかし、呪いが解けた瞬間、そなたたちは絶望することになるのだ」

階段の途中から香司を見下ろし、少し意地の悪い口調で静香が言う。

身体《からだ》にあわない赤いドレスを身につけ、頬を染めているせいか、せっかくのセリフも迫力はあまりない。

香司は、眉根をよせた。

「絶望だと?」

「そなたたちは、呪いの真実を知らない。呪いは、ただの呪いではない。それがあることで、松浦忍は逆に護《まも》られているのだ」

香司は、まじまじと静香を見つめた。

（何を言いだす気だ、こいつは……？　それは本当のことなのか？）

「このまま清めの儀をつづければ、そなたは呪いが解けた瞬間、永遠に松浦忍を失ってしまうだろう」

ふいに雨と風の音が遠ざかり、時計塔のなかに沈黙が下りたようだった。

（嘘《うそ》は……ついていない。こいつは、何か知っている）

「永遠に忍を失うだと？　……ありえないな」

少しでも情報を引き出そうと、香司はあえて相手の言葉を否定してみる。

「私の言葉を疑うのか？」

「いきなり、そんなことを言われてもな。……だいいち、どうやって、それを知ったのだ？」

「ナイショだ」

「それで信じろと言われても困る」

「信じる、信じないはそなたの勝手だ」

「護られていると言ったな。何からだ？」

「運命からだ」

この時ばかりは冷徹な口調で、静香が答える。

その声に、嘘や偽りの響きはなかった。

（運命……？　運命だと？）

香司は、何か言おうとした。

しかし、声が出なかった。

静香の横では、人体模型が主《あるじ》と同じように腕組みしている。

「清めの儀は、逃れつづけた運命のなかに松浦忍を放《ほう》りこむ役割しか果たさない。本当に呪いから解放する方法は、ただ一つだけ」

言いきった時、静香の赤いスリップドレスの胸もとに淡い光が点《とも》った。

少女の身体の奥底に沈みこんだ玉鱗《ぎょくりん》の放つ光である。

（なんだ、あの光は……？）

「私なら、安全に呪いを解くことができる」

「だったら、今すぐ解け」

押し殺した声で、香司が言う。

静香はキラキラ光る瞳《ひとみ》で香司を見つめ、楽しげに言った。

「それには、条件がある」

「条件だと？」

「そなたが私と結婚すること。それが条件だ。そうすれば、そなたの大切な松浦忍を助けてあげよう」

香司は無表情のまま、静香をじっと見た。

「俺と結婚だと？　なんの冗談だ？　おまえは、叔父に結婚を迫られているのだと思ったが」

「あんな男……。私は、叔父の思いどおりになんかならない。絶対に」

（嘘はついていないな。……本当に、清めの儀ではダメなのか）

二人は、無言のまま見つめあった。

雨音が、大きくなる。

窓ガラスを流れ落ちる大粒の水滴。

チラチラと揺れる蠟燭《ろうそく》の炎が、香司の青ざめた美しい顔を照らしだしている。

静香はそんな香司をうっとりと見つめ、そっと言った。

「私の条件を呑《の》むか、撥《は》ねつけるか……。そなたが決めるがいい。松浦忍の運命は過酷だが、私にはなんの関《かか》わりもないことだ。清めの儀をつづけたければ、つづけてもいいのだぞ？」

「…………」

黙りこんだ香司を見ながら、静香は優しげな声でささやいた。

「一晩、考える時間をやろう。明日、同じ時間にこの場所で待っている」

「一晩か。……了解した」

ボソリと呟き、香司は静香に背をむけた。

感情を殺した顔は、さすがの大蛇にさえ何を考えているのか読みとらせない。

立ち去る香司を見送って、静香はふう……とため息をついて、踊り場に座りこんだ。

「ご主人さま、どうなさいますか？」

人体模型が尋ねる。

「出ていったら……戻れるかどうかわからない」

「ここで寝ればいいじゃないですか？」

「嫌だ。ドレスがくしゃくしゃになる。伽羅に、そんな格好は見せられない」

少女の言葉に、人体模型は「やれやれ」と言いたげに骨をカラカラと鳴らした。

＊　　＊

「困敦《こんとん》、赤奮若《せきふんじゃく》、摂提格《せっていかく》、単閼《たんあつ》、執徐《しつじょ》、大荒落《だいこうらく》……」

寮の部屋のなかに、落ち着いた香司の声が響きわたる。

清めの儀の最中だった。

ベッドの側《そば》の床に白い和紙が敷かれ、その上に青磁の水盤が置かれている。

和紙には、水盤を中心として魔法陣のようなものが描かれていた。

魔法陣の四方には、それぞれ形の違う香炉が置かれている。

東に龍《りゅう》、西に虎《とら》、南に鳥、北に亀《かめ》である。

ジーンズに柿色《かきいろ》のセーター姿の忍は、水盤を隔てて香司の向かい側に正座していた。

(なんか変だな、香司……)

兎小屋《うさぎごや》からぬけだした忍は、雨のなか、びしょ濡《ぬ》れで歩いている香司と出くわしたのだ。

香司は、ひどく暗い顔をしていた。

しかし、忍の姿を見たとたん、ホッとしたような顔になって駆けよってきた。

——大丈夫だったか、忍。

——うん。……兎小屋に飛ばされちまった。藁まみれだよ。

そう言うと、香司は「怪我がなくてよかった」と肩を抱きしめてくれた。

(香司……)

寮に戻ってから静香のことを訊《き》いてみたが、香司は「大丈夫だ」と言うばかりだった。

(何かあったのか、時計塔で？　静香さんのこと、鏡野さんに教えなくていいのか？)

訊きたいのに、香司のまわりに質問を拒むような空気がある。

何か自分が失敗をしたせいで機嫌が悪いのかとも思ったが、時計塔でのことを口にしないこと以外は、香司はひどく優しかった。

ふと気がつくと、今まで見せたこともないほど切なげな瞳が自分を追いかけている。目があうと、香司は微笑《ほほえ》んでくれる。

いつもと変わらないように見えて、どこかがいつもと違っていた。

(どうしたんだろう……。なんで、オレに話してくれねえんだろう)

時間がくれば、香司は説明してくれるのだろうか。

忍は我知らず、ため息をもらしていた。

——俺たちのあいだには、隠し事はなしだ。今までも、これからも。

耳の奥底に、夏の夜の香司の声が木霊《こだま》する。

その約束を信じて、忍はずっと香司と一緒に歩いてきた。

(待ってれば、話してくれるんだろうか)

「忍、注意力散漫だぞ」

低く話しかけられ、忍はいつの間にか清めの儀が終わっていることに気がついた。

(やべ……)

室内には、清めの儀に使った黒方《くろぼう》の芳香が漂っている。

「ごめん……」

「いや。おまえも疲れているんだろう。……身体は本当にどこもなんともないのか？」

静香に飛ばされた忍を気づかう香司の瞳には、やわらかな光がある。

（なんで、そんなに優しくするんだよ……。なんか、今にも消えていきそうだぞ）

そんなことを思って、忍はかすかに身震いした。

どうして、こんなに不安なのだろう。自分でも、よくわからない。

「大丈夫だよ」

そう言ってから、自分の言葉がさっきの香司のものと同じだと気づき、ドキリとする。

「なら、いいが。頭は打っていないんだな」

「うん」

うなずいた忍の髪に、そっと香司の温かな指が触れてきた。

何かをたしかめるように優しく撫《な》でられて、忍はますます不安になった。

自分が飛ばされた後、何があったのか訊くことさえ怖い。

（香司……。オレ、おまえを信じていていいんだよな？）

忍はシャツの上から、一角獣のペンダントに指先で触れてみた。

ぼんやりと、東京で見た不安な夢のことが心に浮かぶ。

（大丈夫だよな……。あんなの、ただの夢だし……）

＊

＊

真夜中の寮の集会室に、小さなランプの光が点っていた。

集会室といっても、西洋の貴族の館《やかた》を思わせる豪華な内装だ。壁の本棚には、ずらりと革表紙の本が並んでいる。

立派な暖炉には、本物の薪《まき》がチロチロと燃えていた。

暖炉にむかって置かれた茶色の革の肘掛《ひじか》け椅子《いす》に、香司は無言で座っていた。

揺れるオレンジ色の炎が、端正な顔を照らしだす。

集会室には、香司以外の人影はなかった。

忍も今は自分の部屋で眠っている。

恋人が眠りに落ちるまで、香司はずっと側にいた。髪を撫で、手を握り、静かな呼吸がやがて、もっと深い息に変わるまで。

（忍……）

香司は、迷っていた。

静香に二者択一の選択を差し出されたあの時、香司は瞬時に心を決めたのだ。

迷いはなかった。

答えは、一つしかない。

それなのに、一晩、考える時間をあたえられたことで、香司の心はかえって揺らぎはじめていた。

時計塔から無事に戻り、暖かな部屋で忍の笑顔を見、その髪や肌に触れていると、今さらのように未練が頭をもたげてくる。

何もかも、捨てるつもりだったのに。

忍の心も信頼も、その傍《かたわ》らに在る権利も。

忍さえ守れるなら、自分はどうなってもかまわないと思っていた。

それなのに、いざ信頼しきった眼差《まなざ》しの恋人を前にして、この少年に恨まれるかもしれないと思っただけで、心が乱れた。

失いたくない。

いっそ、呪いを解くのをやめ、ずっと少女の姿のまま、自分の手もとに置いてしまおうかとさえ考えた。

忍に気づかれる心配はない。百日百夜、香をたきつづけるということは、本当に難しいことなのだから。

百日目が近くなるたびに、失敗すればいい。

少しずつ時間を引きのばし、既成事実を積み重ねていけばいい。

やがて、忍はあきらめるだろう。

そう思った。

しかし、そんな香司の耳の奥に忍のつらそうな声が甦《よみがえ》ってくる。

――オレ、ホントは野球とかサッカーしたかったんだ。でも、男あつかいしてもらえねえし……しょうがねえから応援団入って応援して……。

――なんで……こんな呪いかけられちまったんだろう。

そして、それに答える自分の声。

――不安なのはわかる。だが、俺がついている。一緒に呪いを解こう。俺たちの関係をまわりに認めさせるには、今のままじゃダメだ。ちゃんと男に見えるようになって、そこからまた始めよう。

無邪気にそんなことを口にできたのは、何も知らなかったからだ。

清めの儀をつづけることが、忍にとって一番よいことだと信じていたから。

もう二度と手の届かない遠い夜。

腕のなかで安心しきったように呼吸していた、愛《いと》しい生き物。

香司は、無言で自分の左手を見下ろした。

そこには、狼《おおかみ》の指輪がはまっている。

(こんな日が来るとはな……)

パチパチと音をたてて、薪が燃える。

揺らめく炎が一段と大きくなった時、誰かが香司の傍らにそっと立った。

(忍……!?)

ハッとして、香司は顔をあげた。

しかし、そこに立っていたのは忍ではなかった。

「やあ、香司君」

グレーのスーツ姿の綾人が、穏やかな瞳で香司を見下ろしている。

大蛇《おろち》が何を考えているのか、香司にはわからなかったし、わかりたくもなかった。

（どうやって嗅《か》ぎつけてきた？）

「考え事の邪魔だ。帰れ」

それだけ言って、香司は視線をそらした。

だが、綾人はかまわず、椅子を引っ張ってきて、香司の側に座った。

長い沈黙がある。

「『別れ桜』には何もなかったよ。薔薇窓《ばらまど》にも」

ポツリと綾人が呟く。

「そうか」

暖炉の炎が、感情を押し殺した香司の白い顔を照らしだしている。

「さっき、忍さんに会ったよ」

（なんだと？）

香司は、綾人の顔をキッと見た。

綾人は、じっと暖炉の炎に目をむけている。

「いつもと様子が違ったから、香司君と喧嘩《けんか》でもしたかと思ってね」

「割り込むチャンスだとでも思ったか」

香司の声に、苦々しいものが混じる。

綾人は、「やれやれ」と言いたげに自分の指の腹を軽く唇にあてた。

「君も、ずいぶん煮詰まっているね。……ぼくがそんな男じゃないことくらい、香司君だって知っているだろう。泥棒猫みたいな真似は、ぼくの流儀じゃないしね」

「おまえの流儀など、知ったことか」

香司はボソリと呟き、燃える炎に目を凝らした。

いっそ、何もかも燃えてしまえばいい。

やがて来る明日も。

(忍……)

長い沈黙の後、綾人が香司の前にすっとコーヒーの缶を差し出す。

「なんだ、これは?」

「お酒じゃなくて悪いけど、飲まないかい、香司君? 君とゆっくり話がしてみたいんだ」

「妖と馴《な》れあう気分じゃない」

すげなく断る香司を見、大蛇一族の当主はどこか冷たく微笑んだ。

「ガードが固いね」

「御剣《みつるぎ》だからな」

「そうだね。……でも、今、君は隙《すき》だらけだ」

一瞬、暖炉のまわりで強い妖気が渦をまいた。

綾人の妖気は、決して脅しではなかった。

もし、香司の霊力が弱ければ、この一瞬でとりかえしのつかないダメージを受けていただろう。

しかし、香司はふんと笑い、椅子の背に身をもたせかけて悠然と脚を組んだ。

「忘れるな、鏡野。出雲《いずも》には、おまえが頼んだから来たんだ。おまえの従妹《いとこ》を助けるためにな」

「……ああ、そうだったね」

綾人は、ニッコリ笑った。

あたりに立ちこめていた禍々《まがまが》しい妖気が、嘘のように鎮《しず》まった。

「さすがは香司君だね。ぼくの妖気を浴びても、ちっとも動揺してない。倫太郎《りんたろう》さんも、さぞかし鼻が高いだろうね」

(まったく……鬱陶《うっとう》しい大蛇だ)

香司は綾人を軽く睨《にら》み、優美な仕草で立ちあがった。

ドアのほうに行こうとした時、香司の後ろで穏やかな声が言った。

「ぼくはね、忍さんが大好きだ」

香司は、無言で足を止めた。

綾人は、真摯《しんし》な口調で言葉をつづける。

「運命の相手だと思っている。たとえ、忍さんが男でも女でもね」

「口で言うほど、簡単な話じゃないぞ」

(おまえに、忍を助けることができるのか？　何もかも捨てられるのか？)

ふいに、凶暴な衝動にかられて、香司は大蛇一族の当主を振り返った。

綾人は、ニコニコ笑っている。

「簡単なことだよ。一生裏切らず、一生側にいて守ってあげればいい。人間は心変わりするけれど、妖は変わらない。ぼくは、忍さんをずっと大切にしつづける自信はあるな」

(おまえに、わかるものか)

香司は、肩をすくめた。

「忍は俺のものだ。仮定の話をされても困る」

「うん。でも、世の中なんて、どうなるかわからないだろ。君たちの仲だって、永遠のものじゃないかもしれない。今は、忍さんは君のものだね。でも、明日はどうだろう」

(まさか、知っているのか?)

チラリとそう思い、香司は自分のその考えを押し殺した。

綾人が知るはずはない。

(こいつは、ハッタリをかましているだけだ)

「ねえ、香司君。君たちのあいだに何があったのかは、ぼくは知らないよ。でも、もし、君が忍さんを傷つけるようなことがあったら、ぼくは君を許さない。その時は遠慮なく、もらうよ」

はっきりした口調で、綾人は宣言した。

香司は、かすかに笑った。

綾人の大蛇らしからぬまっすぐさが、わけもなくおかしかった。

(人間の世界の苦労も知らないくせに、言いたいことを言ってくれる)

「忍はおまえと一緒にいても幸せにはなれないぞ、鏡野綾人」

「そう?」

「おまえは、忍を甘やかしすぎる。真綿《まわた》にくるみこんで、ダメにしてしまう。あいつはおまえが思っているほど弱くもないし、子供でもない。忍は、おまえといると成長することができなくなる。……あいつは、おまえの玩具《おもちゃ》じゃない」

香司は、きつい目で綾人を見据えた。

「玩具なんて思ったことは、一度もないよ」

煙るような瞳で、妖は呟く。

「忍さんは綺麗《きれい》で、眩《まぶ》しくて、暖かくて……ぼくが持っていないすべてのものを持っているようだ。忍さんの前でだけ、ぼくは心をさらけだして、弱い自分を見せてもいいかもしれないって思うんだ。ねえ、香司君。自分にとって大切なものを宝物のようにあつかうのは、間違っているのかい？」

「あいつは宝物じゃない。心を持った人間だ。切れば血も出る。おまえに、そんな忍をわかってやれるのか？　腹を割《さ》かれても死なない妖に、人の弱さや痛みがわかるか？」

今や、人間と大蛇は真正面からむきあい、互いの目を見あっていた。

闇を秘めた魔性のものの眼《まなこ》と、帝王然とした少年の何ものにも屈しない強い眼差し。

暖炉の炎が、不安げに揺れる。

「君は……御剣家の次期当主なのに、妖をそんなふうに思っているのかい？　決してわかりあえない怪物のように。……失望したね」

ポツリと綾人が呟いた。

端正な顔には、悲しみに似た色が漂っている。

「わかりあえないことはないとは思う。だが、同じ生き物じゃない。忍が歳《とし》をとるあいだ、おまえは若い姿のままだ。人は変わる。しかし、妖は変わらない。変わらないものと一緒に暮らすことほど、人間にとって不幸なことはない」

「そうだろうか……。じゃあ、君の言い方に従えば、君のアドバンテージは人間ってことだけだね。面白いな。妖が、人間のためにどれほどのことができるか見ていてもらおうか」

香司は、まじまじと綾人の顔を見た。

（こいつは……）

綾人の本気は、痛いほどに伝わってくる。

しかし、同時にそれは香司の胸に言い知れない不安を呼び起こす。

「あまり忍に入れこむな。鏡野一族からもそっぽをむかれるぞ。忍だって、そこまで思いこまれたら重たすぎるだろう」

それだけ言い捨てて、香司は集会室を後にした。

部屋に戻って眠ろうと思った。

だが、眠りは浅く、悪夢ばかり見ることは最初からわかっていた。

＊　　＊

翌日も、はっきりしない天気がつづいていた。

まるで何かを待ち受けるような気配が、冷たい水にも大気にも充満している。

商店街の閉じたシャッターを鳴らす風にも、今までと違ったものが感じられた。

出雲は、旧暦十月の神在祭《かみありまつり》を明日に控えていた。

今夜、出雲市内の稲佐《いなさ》の浜《はま》で八《や》百万《およろず》の神々を迎える神迎祭《かみむかえまつり》が行われる。

土産物店の店先には祭りのポスターが飾られ、出雲のホテルは軒並み、予約でいっぱいになっている。

いつもはあまり人通りのない出雲市駅前も、今日ばかりは人の往来が激しかった。

団体旅行のバスも、次々と出雲に入ってくる。

＊　　＊

授業が終わった後、忍はぼんやりと月兎《げっと》学園の庭を歩いていた。

旧暦十月──普通の暦では、もう十一月である。

南にあるぶん、出雲の陽射《ひざ》しは東京よりも明るいが、それでも日に日に寒さは厳しくなっていく。

(香司……どこ行っちまったんだ？　そろそろ、鏡野さんに静香さんが時計塔にいるってこと話して、対策考えねえとまずいんじゃねえの？)

香司の携帯電話にメールを送ったが、返事はなかった。

（たぶん、忙しいんだと思うけど……）

今朝、寮の部屋を出る直前、香司は忍を抱きよせ、キスしてくれた。

唇を触れあわせるだけの優しい口づけ。

昨日の香司のおかしな素振りのことも、変貌《へんぼう》してしまった静香のことも何もかもが悪い夢だったようだ。

（やっぱ返信来てねえ……）

忍はブレザーのポケットから出した携帯電話をチラと見、肩をすくめた。

その時、忍は見覚えのある黒いスーツの背中が時計塔のほうに歩いて行くのに気がついた。

（香司？　何やってんだ？）

考えるより先に、忍は駆けだしていた。

「香司ー……じゃなくて、一郎《いちろう》」

弾むような足どりで恋人に近づき、腕を軽くつかむ。

香司は忍を見、一瞬、眉根をよせた。

（え？　……なんか機嫌悪そう）

「あ……ごめん」

教生と転校生に化けているのにベタベタしたのが悪かったのかと思い、忍はペコリと頭を下げた。

香司は無表情に言う。

「俺をつけてきたのか？」

「え？　なんだよ？　違うよ。……おまえ、時計塔行くのか？」

（やっぱ、昨日、なんかあったんじゃねえのか）

忍は、ふっと目を細めた。

香司は、つまらなそうにスーツの肩をすくめてみせる。

「そうだ」

「じゃあ、オレも行くぞ」

「ダメだ。おまえは帰れ」

気のせいだろうか。香司の語気は、いつもより少しだけ鋭かったようだ。

「なんでだよ……!?　いいだろ。オレがついてったって」

「おまえが来ると、かえって危険だ」

「でも……」

（危険って言われても……）

なおも言い募る忍のブレザーの両肩に、香司の白い手がのった。

「忍……頼むから、聞き分けてくれ。おまえのためだ」

今しがたまでのきつい態度が嘘のように、声は優しい。

しかし、そこには一歩も退《ひ》かない決意がこめられている。

(何がなんでも、一人で行く気なんだ……)

ショックを受けて、忍は恋人の美しい顔を見上げた。

香司の黒い瞳に浮かぶ感情は、読みとれない。

まるで、この一瞬で心を閉ざしてしまったようだ。

「香司……」

「心配するな。すぐにすむ」

そっと忍の額に口づけ、香司は断ち切るように踵《きびす》をかえして歩きだした。

避けられない運命にむかって。

＊　　　＊

(香司……)

忍は強い風のなか、遠くなる香司の背中を見つめつづけた。

いつでも手が届いていたその背に、今は声をかけることさえできない。

(行かせちゃいけねえ気がする……。でも、呼び止めたら、今度こそ怒られそうだし……。どうしよう。こっそりついてったら……やっぱ見つかっちまうか?)

迷っていると、背後から穏やかな声がした。

「忍さん」

振り返ると、白衣姿の綾人が静かに立っていた。

その端正な顔には、心配そうな表情が浮かんでいる。

(鏡野さん……)

「どうしたんだい、忍さん? そんな顔をして」

「なんでもありません」

反射的にそう答え、忍はふっと視線をそらした。綾人がため息をつく気配がある。

「香司君も君も、ぼくに何か隠しているね」

思わず、忍は綾人の顔を見上げた。

綾人は、苦笑めいた表情を浮かべている。

「昨日、君たちはどこへ行ったんだい?」

忍は、答えなかった。

白い手が、そっと忍の薄い肩をつかむ。ドキリとして、忍は身を硬くした。

優しい声が、尋ねかけてくる。

「静香に会ったんだね。場所はどこ？」

（ごめん、香司……）

これは隠しとおせないかもしれない。

「時計塔……です」

「そう。香司君は、今日は一人で行ったのかい？」

忍は、黙ってうなずいた。

口をきいたら、涙がこぼれそうな気がした。

「わかった。一緒に行こう」

綾人の手が、すっと離れる。

「え？　一緒にって……」

「ぼくがついていれば、大丈夫だ。何が起きても、守ってあげる。……見届けたいんだろう。あそこで、何が起きているか」

忍は綺麗な茶色の目を見開き、綾人を見上げた。

ためらいは一瞬だけだった。

「……はい」

大蛇一族の当主の顔に、愛しげな微笑みが浮かぶ。

「うん、いい返事だね。ぼくの姫君。君はしょんぼりしているより、まっすぐ前をむいている時のほうが素敵だよ」

(……相変わらずだな)

苦笑して、忍は歩きだした。少し遅れて、綾人がついてくる。

＊　＊

香司は埃《ほこり》っぽい時計塔のなかを見まわし、眉根をよせた。

そこで待っているはずの静香の姿はない。

(呼び出しておいて、これか?)

ややあって、階段を駆けあがってくる足音が聞こえた。

「遅刻です、ご主人さま!」

聞き覚えのない声とカラカラ鳴る音も聞こえてくる。

やがて、静香が息を切らして現れた。

今日も、大きすぎる赤いスリップドレス姿だ。長い裾《すそ》をもてあましたのか、たくしあげ、細い足首を見せている。

後ろには、人体模型もいた。

「何をやっている?」

香司は眉根をよせ、静香を見下ろした。

少女は頬を染め、慌ててドレスの裾を下ろした。

「見るな」

「おまえの足など、興味はない。安心しろ」

「うるさい。それより答えは出たのか、伽羅？」

傲慢な口調で、静香が尋ねる。

香司は、無表情に静香を見かえした。

「確認しておきたい。本当に、忍を助けることができるんだな？」

「私は嘘は言わない」

「では、その方法を先に教えてもらおうか」

香司の言葉に、静香は不機嫌そうな顔になった。

「私が信用できないならば、この話はなかったことにしてもいいが」

「…………」

「松浦忍がどうなろうが、私には関係がない。帰れ」

白い手が、階段のほうをまっすぐ指差す。

香司は、ため息をついた。

足もとを見るような静香の態度は、不愉快だった。しかし、ここで帰るわけにはいかない。

「疑って、すまなかった」

感情のこもらない声で、ボソリと言う。

静香は香司の無表情な顔をじっと見、勝ち誇ったように微笑んだ。

「それでは、答えを聞こうか」

短い沈黙がある。

「結婚の話は断る」

「な……！」

静香がぶかぶかの胸を押さえ、目を見開く。

この展開は、静香の予想外だったらしい。

「そんなことを言うなんて……正気か？　松浦忍を助ける方法は、私しか知らないのだぞ！」

「たとえそうだとしても、この世に忍を助ける方法があるのならば、俺が自力で探し出す。どんな手段を使ってもな」

香司は強い瞳で静香を見据《みす》え、はっきりとした口調で言った。

「無理だ。私には、これがあるからわかるのだ」

静香は、自分の心臓のあたりに手をあてた。

手のひらの下が、ぼうっと淡く光りはじめる。

(何か……あるのか)

香司は、眉根をよせた。

「それはなんだ？」

「……知らない。ただ、これが私にいろいろなことを教えてくれる。松浦忍が男だということも、大井川《おおいがわ》の龍神《りゅうじん》の呪いがかかっているということも。きっと、これは私にしかわからないのだろう。だから、おまえが自分で探しても無駄だ」

「だとしても、おまえと結婚することで教えてもらおうとは思わん。大事な恋人は、俺の力で護《まも》る。俺だけの力でな」

窓の外で、雷鳴が轟《とどろ》きわたった。

つづいて、真っ白な稲光が空を引き裂く。

雷光に照らしだされた香司の瞳は、怖いくらい真剣だった。

「伽羅……」

気を呑まれたように、静香が香司の顔を凝視した。

少女の頬が、うっすらと薔薇色に染まりはじめる。「伽羅って素敵」と思っているのは間違いない。

香司の表情が、ふっとやわらいだ。

「だが、清めの儀以外に呪いを解く方法があると教えてくれたことには、礼を言う」

「わ……私を愚弄《ぐろう》する気か!?　わざわざ何しにきた!?」

「だから、正式な断りと情報の礼を言いにきた」

香司の言葉に、静香は目を見開いた。

「そんなことのために……」

時計塔のなかに、沈黙が下りた。

静香は自分の胸から手を離し、ふうーっと息を吐いた。

左胸の鱗《うろこ》の形の光は薄れ、消えていく。

(鱗が憑《つ》いているのか)

香司はわずかに目を細め、薄れゆく不思議な輝きをじっと見つめた。

「伽羅なら、そう言うと思っていた」

肩を落とし、静香は小さな声で呟いた。

少女は落ち着かなげに身じろぎし、長い黒髪をかきあげた。

「でも、口で礼を言うくらいなら……もっと違うやりかたが……」

歯切れの悪い口調で言いながら、静香は頬を染め、もじもじしている。

香司は、眉根をよせた。

(なんだ、こいつは?)

「口で言うのがダメなら、なんだ？　俺にどうしてほしい？」

「だから、接吻《せっぷん》……とか」

思いきったふうに、静香がその単語を口にする。

一瞬、時計塔のなかにブリザードが吹き荒れたようだった。

「ほう？」

香司は冷ややかに眉をあげ、少女の白い顔を見下ろした。

氷点下の眼差し。

「今、何か言ったか？」

「……なんでもない」

それだけ言って、静香はしょんぼりした様子で、うなだれた。

うつむいた姿は、ひとまわり小さくなったように見える。

（まったく……）

心のなかでため息をつき、香司は少女の華奢《きゃしゃ》な肩をつかんだ。

驚いたように見上げる静香の額に、そっと唇を押しあてる。

少女が息を呑む、かすかな気配がした。

その時だった。

「待ちたまえ！」

叫び声とともに、白衣姿の綾人が階段を駆けあがってきた。

香司と静香は、同時に綾人のほうに視線をむけた。

「……！」

香司の瞳が、一瞬、揺れたようだった。

静香が唇を嚙《か》みしめ、不愉快そうに眉を吊《つ》り上《あ》げる。

綾人の後ろには、真っ青な顔の忍がいた。

窓の外がカッと白く光り、数秒遅れて雷鳴が轟きわたった。

＊　＊

(香司！　何やってんだよ⁉)

忍は拳《こぶし》を握りしめ、並んで立つ香司と静香を凝視していた。

(浮気⁉　そんなはず……！　でも、昨日からずっと変だった！　まさか、静香さんに口説かれて、その気になっちまったのか……⁉)

綾人は「困ったな」と言いたげな目で従妹を見、首をかしげた。

「まったく……こんなところで何をやっているんだい、静香？　捜したよ」

「せっかく、いいところで邪魔をするな！　何しにきた、本家？」

怒りで頬を紅潮させ、静香が綾人を見下ろす。

（いいところ……？）

忍は呆然《ぼうぜん》としたまま、心のなかで静香の言葉をくりかえした。

ショックのあまり、まだ頭が働かない。

綾人は「おやおや」と呟き、白衣の肩をすくめてみせた。その仕草で、やや長めの栗色《くりいろ》の髪が揺れる。

「君を連れ戻しにきたんだけどね。まさか、こんなことになっているなんて思いもしなかったよ。ねえ、香司君」

名前を呼ばれた香司は、無表情になって綾人から視線をそらす。

内心ではとんでもないところを忍に見られたと焦《あせ》っていたが、それは意地でも顔には出さない。

しかし、心のなかではどうやってフォローしようかと必死に考えている。

だが、忍にはそんなことはわからなかった。

（嘘だ……香司……！　なんで、静香さんと……！）

こんな時でなければ、「香司のバカ！」と叫んで逃げだしたかった。

頭のなかに、悪い想像ばかりが浮かんでくる。

（オレたち、もうダメなのか……！　昨日の晩、香司の態度が変だったのは、こういうわ

けだったのか。やっぱ、貧乳でも本物の女のほうがいいのか……香司⁉︎）

静香は不機嫌そうに腕組みし、指をトントンと動かしている。

見るからに「さっさと帰ってほしい」という態度だ。

「香司……これ……どういうことだよ……じゃなくて、どういうことかしら？」

勇気をふるって、忍は細い声で尋ねる。

けれども、香司は忍と視線を合わせようともしない。

（シカト……された⁉︎）

忍の心臓が、どくんと鳴る。

喉《のど》がキュッと狭まり、目の奥が熱くなってくる。

（バカ。泣くな。鏡野さんも静香さんもいる前で……みっともねえ）

「東京でいなくなってから、ここに来て隠れていたのかい、静香？　君は叔父上にさらわれたと思ったけれどね。それとも、香司君と親密になれというのも叔父上の命令なのかな」

眉根をよせ、綾人が従妹をじっと見つめる。

静香は、子供っぽい仕草で地団駄《じだんだ》踏んだ。

「くだらん冗談はよせ、本家。あんな男が、私に指示できるはずがないだろう」

「じゃあ、これは君の意思か」

「もちろんだ。伽羅は、綺麗だからな。一目で気に入った」

「つまり、一目惚れかい。たしかに、君は昔から少しミーハーだったけどね。……それで、香司君をどうするつもりだい？」

あきれたような口調で、綾人が呟く。

「そうだな。最初は無理やり脅して、私の夫にしようと思っていたが、気が変わった。伽羅は本当に素敵だ。男らしくて、セクシーで、優しくて……誰よりも強い。ますます、松浦忍にはもったいなくなった。やはり、私が正々堂々と勝負して、もらうことにする」

（ちょっと待てよ！　冗談じゃねえよ！）

忍は、息を呑んだ。

「勝手に決めるな……じゃなくて、決めないでほしくってよ！　香司さんは私の婚約者なんだから！　そんな我《わ》が儘《まま》、とおるわけなくってよ！」

「権力さえあれば、そんなものはどうとでもなる。そうだ。私も鏡野家の当主の座、狙《ねら》ってみようか。鏡野家当主との婚姻ならば、御剣家も断ることはできまい」

生意気な顔つきになり、静香が言いだす。

綾人が「ふう、やれやれ」と言いたげな顔になった。

「当主の座は君にはあげないよ、静香」

「鏡野家の当主だろうがなんだろうが、俺は結婚する気はないぞ」

憮然《ぶぜん》とした顔で、香司も言う。

「安心しろ。かならず、私のほうをむかせてみせる」

自信たっぷりの態度で、静香が宣言する。

(冗談じゃねえよ)

「だいたい、白兎《はくと》の傷薬をとったりして……意地が悪すぎるんじゃないですか！　そんな人には、香司さんは渡せません！」

「白兎の傷薬？」

「とったでしょう!?　かわいそうに。泣いてましたよ！　返してあげてください！」

「嫌だ」

ふんと鼻で笑って、静香は応《こた》える。

「なんでですか？」

「男のくせにふわふわしていて、可愛《かわい》いからだ」

「可愛いから、大事な傷薬とっちゃうんですか？」

(いじめっ子？　この静香さんはいじめっ子なのか？)

忍は、ため息をついた。

「こんな人じゃなかったはずなのに……。叔父さんに操られているんでしょう？　正気に戻ってくださいよ！」

（それで、さっさと香司をあきらめてくれよ！　……操られる前の静香さんは、鏡野さんが好きだったんだろ⁉　なんで、オレの香司のほうにくるんだよ！）

「そんなはずはない！　私は誰にも操られてなどいない！」

カチンときたように、静香が言い返す。

「ぼくも、静香は操られていると思うよ」

やわらかな声音で、綾人が割って入った。

静香は、眉を吊り上げた。

「本家まで、そんなことを言うのか！　昔の私は、ただの夢。影法師のようなものだ。今の私は本物だ。力に満ちあふれていて、何をなすべきかよくわかっている。今まで、こんなに幸せだったことはない。……きっと、これが恋なのだな」

（はあ……）

忍と綾人は、顔を見合わせた。

（絶対おかしいよ、静香さん。それ、恋じゃねえと思うし。……どうやったら、もとに戻るんだ）

静香さえ見つけだせれば、何事もなく事件は解決すると思っていたのだが。

「もういい。そなたたちとの話し合いはくたびれた。さあ、行くぞ、伽羅。邪魔者ぬきで、今後のことを話しあおう」

「………」

香司は、答えなかった。

静香の傲然とした瞳のなかに、怒りの色が閃《ひらめ》いた。

「人間風情《ふぜい》が生意気な！　もう誘わん。人体模型、ついてこい」

それだけ言って、静香は長すぎるドレスの裾をたくしあげ、歩きだす。

「待ちたまえ、静香」

静香は、不満げに綾人を振り返った。

「止めるのか？」

「いや、止めるというより……君はどこへ行く気だい？」

憮然とした顔で、綾人が尋ねる。

「時計塔の外に決まっているだろう」

「そっちに行くと窓しかないよ。階段は右だ。相変わらず、方向音痴は治っていないんだね」

心の底から「やれやれ」と言いたげな顔で、綾人は白衣の肩をすくめた。

（治ってねえんだ……）

「うるさい！」

静香は真っ赤になって怒鳴り、今度は上にむかう階段に近づいてゆく。

やはり方向が間違っている。

(あーあ……上に行っちゃうよ。外に出るなら、下だろ?)

ずっと壁際《かべぎわ》で様子を見守っていた人体模型が肩胛骨《けんこうこつ》をすくめ、カラカラと音をたてながら主に付き従う。

だが、静香が階段にたどりつく前に、その肩を綾人がそっとつかんだ。

「お遊びは終わりだよ、静香。一緒に帰ろう」

優しい声が、ささやく。

(早っ……)

いつの間に移動したのか、忍にはまったくわからなかった。

「なっ……! どうして、いきなり!?」

静香もまた、驚いたように綾人の手をふりはらい、後ずさった。

「放せ!」

——ご主人さまに手を出すな!

人体模型が綾人にむきなおる。

しかし、それより早く、綾人の指がすっとのび、人体模型の額に軽く触れた。

「ごめんよ」

綾人が低く言ったとたん、人体模型はガラガラと音をたてて崩れ、ただの骨の山に戻った。

(すげえな……。一瞬だよ)

忍は、呆然としてこの光景をながめていた。

「よくも、私の僕《しもべ》を……！」

言いかけた静香が、ふいに苦しげなうめき声をもらし、よろよろとよろめいた。

「くうっ……！」

「静香さん？」

少女は自分の胸もとを鷲《わし》づかみにし、壁にすがって震えながら階段を上り、踊り場までたどりついた。

だが、そこで気力がとぎれたのか、ずるずると座りこみ、ゆっくりと床に倒れこんでゆく。

どうやら、意識を失ったようだ。

(静香さん……！　どうしちまったんだ？)

「どうしたんだ、静香？　しっかりおし！」

心配そうな表情で、綾人が駆けよろうとする。

その時、香司が警戒するような表情になって、周囲に視線を走らせた。

綾人もわずかに目を細め、動きを止めた。

（え？　どうかしたのか？）

忍には、二人が何に警戒しているのかわからない。

窓の外がカッと白く光る。

その光に照らされて、倒れた静香の背後側の壁から何か黒っぽい影が滲《にじ》みだしてくるのが見えた。

（嘘……！　なんかいる……！）

しだいにくっきりとした輪郭を現す影は、銀髪の大蛇と黒衣の青年に変わっていった。

「来たか」

ボソリと香司が呟くのが聞こえた。

（うわ……！）

忍の心臓が、どくんと鳴った。

時計塔のなかに、肌がヒリヒリするような強い妖気が充満しはじめた。

忍は、ブレザーの懐《ふところ》に隠した〈大蛇切り《おろちぎ》〉に指先でそっと触れた。

（どうしよう。これ抜いたら、オレと香司以外はみんな動けなくなるよな。でも、あれだけ苦しんでた静香さんが〈大蛇切り〉の力をまともに受けたら……）

迷っているうちに、継彦《つぐひこ》が意識のない静香の側に片膝《かたひざ》をついた。

冷ややかな声が聞こえてくる。

「ようやく玉鱗《ぎょくりん》の支配力に屈したか、静香。ずいぶん手間をとらせてくれる……。私のもとから逃げれば、玉鱗の影響力からも逃れられると思ったようだが、それほど玉鱗の力は甘くはないぞ」

（玉鱗？　それって、龍の一番大事な鱗だったよな……。それが、なんで静香さんに……？）

綾人が、刺すような視線を叔父にむける。

「やはり、あなたが静香をこんな目にあわせたのですね、叔父上。玉鱗とはね……。御《ご》霊丸《りょうまる》のものですか」

「そうだ。あの玉鱗は人の世界の瘴気《しょうき》を吸いこみ、変質していた。しかるべきやり方でれを憑けられれば、人であろうが妖であろうが術者に抗《あらが》うことはできなくなる。完全に玉鱗が憑依《ひょうい》し、邪悪な力を発揮するまでには、少々時間がかかったが」

満足げに、継彦は答える。

「では、玉鱗が完全に支配力を発揮するまで、この状態の静香を放置していたわけですか」

「玉鱗の悪影響のもとで、小娘に何ができるのか見定めさせてもらった。なかなか、面白い見物《みもの》であった」

温かみのかけらもない声が、時計塔のなかに響きわたる。

（ひでえ……。こいつ、最低だ）

忍は、唇を噛みしめた。

（よくも、女の子にこんな真似を……！　許せねえ！）

綾人もまた、霜のような眼差しを叔父にむけた。

「叔父上……静香は連れていかせませんよ」

「残念だが、おまえの相手をしている時間はない。わが花嫁を八百万の神々にご披露し、承認していただかねばならぬのでな」

継彦が静香の上に手を翳《かざ》すと、ぐったりした身体は体重がないもののようにすうっと浮かびあがった。

（嘘……）

「お待ちなさい、叔父上」

綾人が冷ややかな声で制止する。

しかし、継彦は意に介さなかった。

意識のない静香の身体を両腕で抱き留め、傲然とした声で言う。

「辺津鏡《へつかがみ》はわが手にある。綾人、もはや、おまえの運は尽きた。八百万の神々の承認のもと、静香と私の婚姻が成立すれば、鏡野家は愚かで無能な当主を見限り、新たな当主を立てるだろう。出雲にも帝都にも、私を後押ししてくれる妖たちがいる。闇《やみ》に憧れる人間たちもな。……戸隠《とがくし》」

「は……」

戸隠が両手で印《いん》を結ぶ。

継彦と戸隠、それに静香を中心として床に虹色《にじいろ》の光の輪が広がっていく。

（やべえ！　逃げられる！）

「待て！」

とっさに、香司が前に出ようとする。

その黒いスーツの腕を、後ろから綾人がつかんだ。

「やめたまえ、香司君！　危ない！」

「放せ！」

（香司……！）

香司は感情を殺した瞳で綾人を振り返り、舌打ちして腕をふりはらった。

その隙《すき》に、虹色の光は継彦たちを呑みこんで消えた。

あとには、埃っぽい静かな空間だけが残されている。

＊

＊

「よけいな真似を……！　あともう少しで、捕まえられたものを」

吐き捨てるような口調で、香司が言う。

忍はゆっくりと婚約者に近づき、その冷ややかな顔を見上げた。

「どういうことだ……かしら、香司……!?　静香さんと結婚するつもりなの!?」

「いや。結婚はしない」

無表情になって、香司が答える。

心のなかではかなり狼狽《うろた》えていたが、やはり顔にはださない。

「じゃあ、なんで……あんなこと……!?」

我慢しようと思っても、声が震える。

かなうものならば、叫びたい。

香司の胸にしがみつき、泣きながら問いただしたい。

しかし、忍は懸命に耐えていた。

もっとも、耐えていると思っているのは当人だけで、思いきり涙目になっているのだが。

「香司……」

うるうると潤《うる》んだ目で睨まれ、香司はたじろいだようだった。

「事情は、いつか話す。今は言えない」

「いつかって……いつ⁉」

（なんで、ちゅーしたりしたんだよ⁉）

「事情があってな。すまん」

それだけ言うと、香司は忍から目をそらし、綾人のほうにむきなおった。

綾人は興味深そうな瞳で、恋人たちの痴話喧嘩をながめている。

「ぼくはお邪魔じゃないのかな？」

香司は、ふんと笑った。

「かまわん。それより、彼女を助ける方法を検討したい」

香司の側では忍がまたショックを受け、立ちつくしている。

（かまわん？　オレがこんなにつらいのに？）

忍の頭のなかでは、「かまわん」という言葉がリフレインしている。

そのあいだにも、香司と綾人の会話はつづいていた。

「そうだね。君が協力してくれるなら、助かるよ」

「もともと、そのつもりだしな。……御霊丸の玉鱗を引きはがす方法はないのか？」

「方法は、ぼくも知らないよ。御霊丸当人を捕まえたほうが早そうだね」

（御霊丸？）

「でも……行方不明なんじゃないんですか？」

ようやく、忍も会話に加わった。

つらくなるので、香司の顔は見ないようにしている。

「いや、もう出雲にいるはずだ。三郎《さぶろう》が捜してくれた」

「出雲にいるんですか⁉　場所はどこです？」

「いや……場所はわからない。だが、玉鱗が静香のなかにあるならば、失われた鱗に惹《ひ》きつけられて、御霊丸は自ら現れるはずだ」

静かな声で、綾人が言う。

「じゃあ、静香さんのところへ行けばいいんですか？」

「そうだね。ぼくは三郎と合流して、一緒に御霊丸を捜してみようと思う。……たぶん、あいつも神迎祭にあわせて、出雲に入るはずだ」

綾人は、時計塔の窓の外に視線をむけた。

激しい雨はいつの間にか止《や》み、暗い雲の切れ間から夜空がのぞきはじめていた。

第五章　神在祭《かみありまつり》

闇《やみ》のなかで、潮の香りがしていた。

出雲《いずも》大社からほど近いところにある稲佐《いなさ》の浜《はま》。

そこは、『古事記《こじき》』に出てくる国引《くにび》き神話の舞台であり、神在月に日本全国から集《つど》ってきた八百万《やおよろず》の神々が上陸すると言われる土地である。

夏は海水浴場として賑《にぎ》わっている浜辺も晩秋の夜ともなれば、人けもなく、ひっそりとしていた。

そんな稲佐の浜に、松明《たいまつ》の炎が燃えあがった。

炎は、ゆっくりと左右に打ち振られる。

それに応《こた》えるようにして、沖のほうでも妖《あや》しい光が点滅した。

松明を振っているのは、象のような鼻とギョロリとした金色の大きな目を持つ妖《あやかし》だ。鼻の両側から、やはり象のような牙《きば》が生えていた。

首から上は異形《いぎょう》だが、首から下は人形《ひとがた》をしている。がっしりした身体《からだ》つきで、墨色の着物と羽織を身につけ、袴《はかま》をはいていた。

この妖は、獏《ばく》という。

普段は、出雲大社の欄干の片隅で日がな一日微睡《まどろ》んでいる。しかし、この神在月ばかりは忙しかった。

「ほーい！」

獏が呼びかけると、沖の妖しい光が左右に揺れ、「ほーい」という声がかえってくる。

やがて、波を分けて、四角い帆をかけた和船がゆっくりと稲佐の浜に近づいてきた。

船には、狩衣《かりぎぬ》や束帯《そくたい》姿の人影がずらりと並んでいる。老人もいれば、若者もいた。

和船の船頭は、枯れ木のように痩《や》せた老人だった。紺の着物の裾《すそ》をからげ、頬《ほお》かむりをしている。

「お早いおつきで」

獏が声をかける。船頭は、黙ってうなずいた。

「またお世話になりますよ」

船縁《ふなべり》から、狩衣姿の客の一人が声をかける。

客たちは、みな、この神在祭のために日の本の隅々から旅してきた八百万の神々だった。

和船が浜辺に乗り上げると、神々はすうっと音もなく白い砂の上に降り、夜のなか、勝手知ったる道を出雲大社にむかって歩きだした。

沖には、第二、第三の和船の明かりが揺れている。

＊　　＊

同じ夜、旧JR大社駅《たいしゃ》でも動きがあった。

旧JR大社駅は、出雲大社から徒歩二十分ほどのところにある。

かつては出雲大社への参拝客で賑わったが、平成二年、赤字によって廃線となった。

大正時代に建築された駅舎だけが、今も観光用に保存されている。

美しい白壁と瓦屋根《かわらやね》の外観、映画にでも出てきそうなレトロな内装、蒸気機関車が停《と》められた長いホーム。

ノスタルジックな空気が漂う駅舎の正面には、最近はすっかり珍品になってしまった赤い筒状のポストがひっそりと置かれている。

そんな夜の大社駅に、ぼーっと幻の灯《あか》りが点《とも》った。

影のような駅員たちが忙しく行き交いはじめる。

やがて、遠くから汽笛が聞こえてきた。

闇のむこうから、あるはずのない線路を鳴らして近づいてくる大きな影がある。

再び、汽笛が鳴った。

煤の混じった煙を吐いて、一台のSLがホームに入ってきた。オレンジ色の灯りの点った窓のむこうで、山高帽をかぶった影たちが忙しく網棚から荷物を下ろしはじめる。

レトロな木の扉が開くと、古風な影たちが思い思いに改札口のほうに歩きだした。

彼らもまた、神在祭のために集ってきた神々である。

＊　＊

「稲佐の浜で、数時間前に人間どもの神迎えの神事が行われたそうだ。いよいよ、神在祭が始まったな」

破れた障子の隙間《すきま》から外をながめながら、継彦《つぐひこ》が満足げに呟《つぶや》く。

出雲大社から、さほど遠くない場所にある古びた日本家屋の一室だ。

もとは地元の名士が愛人のために建てた別邸だったというが、今は住むものもなく荒れ果てている。

継彦の傍《かたわ》らには、白無垢《しろむく》を着せられた静香《しずか》が無表情に座っていた。

見開かれたままの目には、何も映っていない。

白無垢の左胸には、鱗《うろこ》の形の光がぼんやりと点っていた。

「旧大社駅にも、陸蒸気《おかじょうき》が到着した模様です」

戸隠《とがくし》が、陰気な声で報告する。

「明日から一週間のあいだ、八百万の神々は出雲大社の上宮《かみのみや》で神議り《かむはかり》……つまり神々の会議を開きます。継彦さまもご存じのように、これは一年間の出来事を報告し、来年の収穫や人間たちの運命や縁談について話し合う会議です。そこには、人も妖も立ち入れませぬ。踏み込めば、神々の怒りに触れ、怖《おそ》ろしい天罰が下されるのです」

「だが、結婚の許可はもらわねばなるまい。神々の許可という大義名分があればこそ、鏡《かが》野《の》一族も従うのだ」

「御意」

妖の主従は、朧《おぼろ》な光のもとで見つめあった。

「明日の神議りの時刻にあわせ、我らは出雲大社の近くに鶺鴒《せきれい》の陣を張る」

冷ややかな声で、継彦が言った。

「鶺鴒の陣……でございますか」

「そうだ。本来は神在祭にあわせ、出雲の鏡野一族が八百万の神々にこの一年の出来事の報告をし、来年の吉凶を占うための儀式の場だ。我らは不浄の身とされているので、出雲大社には近づけぬからな」

「そこで、静香さまとのご結婚の承諾を願い出るわけでございますね。……しかし、本来の鶺鴒の陣には辺津鏡《へつかがみ》が必要であったはず」

「やむをえん。別の鏡で代用する」

「代用とおっしゃいましても……」

「遠鏡《とおかがみ》の術を使えばよい。辺津鏡ならば鏡は一つですむが、遠鏡はこちら側とあちら側に鏡が二つ要る」

つまらなそうな口調で、継彦が言う。

「遠鏡の術でございますか。なるほど。二つの鏡を通じて、会話する術でございますな。では、さっそく雲外鏡《うんがいきょう》を調達してまいりましょう」

腰を浮かせかけた戸隠を、継彦が不機嫌そうな口調で止める。

「雲外鏡は九十九神《つくもがみ》だ。出雲大社には入れぬぞ。……それに、仮に入れたとしても雲外鏡など使う気はない」

「なぜでございますか？」

「九十九神は験《げん》が悪い」

短い沈黙がある。

「……さようでございましたね。布巾《ふきん》にタライに鶏《とり》ガラに栄螺《さざえ》に……」

陰気な声で指折り数えはじめた戸隠にむかって、カマイタチが走る。

ビシュッ！

「ひっ！」

「黙れ。二度と、私の前でその話をするな」

「申し訳ございませぬ」

怯《おび》えたように、戸隠が頭を下げる。

継彦は冷ややかに軍師を一瞥《いちべつ》し、腕組みした。

ややあって、戸隠が恐る恐る尋ねた。

「鶺鴒の陣はいずこに張りましょうか、継彦さま？」

「日御碕《ひのみさき》神社がよかろう。日の本の夜を生きる我らには、何よりふさわしい」

「御意……」

日御碕神社は、出雲大社の北西にある小さな社《やしろ》だ。

社は素戔嗚尊《すさのおのみこと》を祀《まつ》る神《かん》の宮《みや》と、天照大神《あまてらすおおみかみ》を祀る日沉宮《ひしずみのみや》に分かれている。

伊勢《いせ》神宮が日の本の昼を護《まも》る社なのに対し、日御碕神社は日の本の夜を護る社だった。

通常、そこは妖が立ち入ることのできない神域である。

しかし、神在祭の期間は祭神が留守になるため、霊的な護りはどうしても弱くなる。

「それでは、私は下見にまいります。あとは、お若いお二人でどうぞごゆるりと……」

暗い声で言うと、戸隠はふっと姿を消した。

静香は継彦たちの会話を聞いても、眉《まゆ》一つ動かさない。

＊

＊

汽笛の音が、夜のなかに響きわたる。

旧大社駅に到着した幻のＳＬのなかから、一人の青年が降りてきた。

背中までのばした髪を首の後ろで結び、書生のような格好をしている。この寒いのに素足に下駄履きだ。

三郎《さぶろう》である。

風の神の周囲を、他の神々たちが忙しそうに通り過ぎてゆく。福禄寿《ふくろくじゅ》のような大きな頭のものもいれば、全身に細かな鱗を煌《きら》めかせたものもいる。

「さて……来てしまったけど、どうしたものかな」

低く呟いた三郎は混雑するホームを見回し、ゆっくりと歩きだした。

その視線が、ふと駅舎の一角で止まる。

そこには、黒い着物と袴姿《はかますがた》の美青年が幽鬼のようにぼんやりと立っていた。漆黒《しっこく》の髪は背中に届くほどに長かったが、それはこの場ではまったく目立たない。

「おや……御霊丸《ごりょうまる》じゃないか。やはり、ここにいたのか」

三郎が近づいてゆくと、御霊丸はふいと踵《きびす》をかえし、足早に歩きだした。

「待ちたまえ、御霊丸。君を捜しているひとがいるんだ。待ちたまえ！」

しかし、大井川《おおいがわ》の龍神《りゅうじん》は振り向かない。

「やれやれ。忙しいんだけど、ここで見失ったら、綾人に叱《しか》られるだろうな。……しょうがない」

ため息をついて、三郎は龍神の後を追って駆けだした。

下駄の音が遠ざかる。

晩秋の冷たい風が、ゴウッと旧大社駅のホームを吹き過ぎていった。

＊　　　＊

同じ頃、出雲市内から数十キロ離れた松江《まつえ》の月兎《げっと》学園でも、三帝たちが不安げに夜空を見上げていた。

「なんだか、ゾクゾクするですぅ」

「嫌な夜だな」

「俺……こ……怖くなんかないよ」

樹也《みきや》が、身震いしながら言う。

「そういえば、松浦《まつうら》の奴、昨日の夕方見たら兎小屋《うさぎごや》に閉じこめられていたですぅ。いじめかもしれません。……心配ですぅ」

蘭丸《らんまる》が呟く。

蒼士郎《そうしろう》が指先で円眼鏡の位置を直し、ため息をついた。

「それは心配だな。……あいつ、新参の教生と校医と一緒に出ていったな」

「も……戻ってくるよね？　このまま、いなくなったり……しないよね？」

「さあな。だが、あいつに何かあったら、草の根かきわけてでも校医と鈴木一郎《すずきいちろう》を捜し出し、法廷に引きずりだしてやる。月極《げっきょく》一族を舐《な》めるなよ」

ククククッと笑って、蒼士郎は拳《こぶし》を強く握りしめた。

その横で、蘭丸も自慢げに美しい金茶色の髪をかきあげた。

「定礎《ていそ》一族も協力するですぅ」

「うちの党も……た……たぶん協力すると思う……。あと、警察庁長官とか……防衛庁長官とか……」

物騒なことを言いあいながら、三人の少年たちは夜のむこうに視線を凝らし、じっと動かなかった。

まるで、忍《しのぶ》の帰りを待つように。

＊　＊

さらに同じ夜、当の忍は枕《まくら》を握りしめ、ぷるぷる震えていた。
(香司《こうじ》のバカ野郎！)
出雲駅前のホテルの一室である。
(ああ、もう、思い出すと腹が立つ！　なんだよ！　静香さんにちゅーなんかして！)
ツインベッドの部屋には、さっきまで香司がいた。
清めの儀のためである。
香をたくあいだ、香司は呪文《じゅもん》以外のことはいっさい口にしなかった。
そして、清めの儀が終わるとそそくさと部屋を出て行った。
横山《よこやま》との打ち合わせだという話だが、忍は逃げたと思っている。
(なんだよ？　オレと二人きりでいるのが嫌なのか？　卑怯《ひきよう》だぞ、香司！)
「バカ野郎！」
ぼすっと投げつけた枕が、ちょうどドアを開けて入ってきた香司の顔面を直撃する。
(うわ……！　やべ)
ブレザー姿の忍は、ベッドの上で硬直した。

香司は足もとに落ちた枕を見、恋人の顔を見た。

香司の後ろには、綾人《あやと》がいた。

綾人は、笑いをこらえるような目をしている。

「失礼」

香司はチラと鏡野家の当主を振り返り、その目の前でバタンとドアを閉めた。

「ちょっと……香司君」

ドアのむこうから呆《あき》れたような声がしたが、香司は完璧《かんぺき》に黙殺の構えだ。

（どうしよう……。怒ってる？）

忍は鼓動の速くなる胸を押さえたまま、香司の不機嫌そうな顔を見つめていた。

香司は、ゆっくりと携帯電話をとりだした。慣れた仕草でボタンを押す。

「俺だ。部屋の前に、大蛇《おろち》がいる。すみやかに移動させろ。……方法？　ペリカンか黒猫がいるだろう」

（横山さん？　……だよなあ。ペリカンっていったら、横山さんの式神《しきがみ》だし）

ちなみに、黒猫も横山の式神だ。

ややあって、ドアのむこうで鳥と猫が鳴き騒ぐ声がした。

「わかったよ。退散するよ。……鳥はやめてくれないか、君」

情けない綾人の声がして、大蛇の気配が消えた。

香司はふんと笑って、携帯電話を自分のベッドの上に放《ほう》った。

「任務完了いたしました」

ドアのむこうから、落ち着いた横山の声が聞こえてくる。

「ご苦労。行ってよし。ただし、大蛇から目を離すな」

「はっ……」

(横山さんも大変だな)

忍は、ため息をついた。

それから、自分の置かれた立場を思い出し、慌ててベッドから下りる。

(ええと……謝ったほうがいいのか？　……でも、オレが謝るのは、むこうがちゅーの件を謝罪してからだ)

腕組みし、小生意気な目で睨《にら》みあげると、香司は「まったく……」と言いながら、つかつかと近づいてきた。

(え？　何？)

そう思った瞬間、抱きよせられ、乱暴にキスされていた。

忍は目を見開き、香司の腕のなかで呆然《ぼうぜん》としていた。

(香司……)

「俺は、おまえが好きだ。男だろうが女だろうが、浮気することはありえん。……これでいいのか?」

早口に言われて、忍は目を瞬《しばた》いた。

「でも……」

「でもじゃない。鏡野静香は、おまえの呪《のろ》いのことを知っていた。おそらく、御霊丸の玉鱗《ぎょくりん》が教えてくれたのだろう」

「え?　そうなのか?」

忍は、まじまじと香司の真面目《まじめ》な顔を見上げた。

(玉鱗が……?)

「そうだ。あいつは、おまえの呪いに関して、まだ重要な情報を握っている。だから、なんとかして助けたい。それだけだ。おまえが勘ぐっているようなことはないぞ」

「オレは何も勘ぐったりしてねえよ」

「嘘《うそ》だ」

「うるせえな!　誤解させるようなことするほうが悪《わ》りぃ!」

忍は、香司のスーツの胸を押しやった。

香司は、深いため息をついた。

「わかった。二度としない。俺が悪かった」

(なんだよぉ……。そうやって謝られたら、許すしかねえじゃん)

忍は、口を尖《とが》らせた。

「浮気したと思ったんだぞ」

「すまん」

「オレがあの時、どんな気持ちだったか」

「本当にすまなかった」

謝っているうちに、理不尽な目にあっているような気分になってきたのだろう。

香司の瞳《ひとみ》に、意地悪な光が浮かぶ。

「可愛《かわい》くて、憎たらしいな、おまえは。本当に」

「なんだよ？」

小生意気な目つきで睨みあげると、香司は一瞬、ドキリとしたような表情になった。

白い指が大切な宝物のように、そっと忍の髪に触れる。

（あ……）

忍は、香司の左手の中指に狼《おおかみ》の指輪がはまっているのに気がついた。

（はめててくれるんだ）

くりかえされた愛の誓いの一つの形。

忍も、胸もとの一角獣のペンダントを強く握りしめた。

まだ、これが互いを結んでいるならば、自分は明日に希望を持っていてもいいのかもしれない。

(つらいけど……)

忍の声にださなかった言葉を聞きとったように、香司が目をあげた。

想《おも》いをこめた瞳だった。

「忍……」

愛《いと》しげに名前を呼ばれ、髪を撫《な》でられていると、荒々しく波立っていた気持ちが静まってくる。

(そうだ。香司がオレにひどいことするはずねえ。浮気だって……オレの勘違いだ、きっと。何か事情があったんだ……)

見上げると、香司も切ないほどに優しい瞳で忍を見下ろしてくる。

(好きだ……やっぱり)

「バカ野郎……。でも、つらかったんだぞ……」

小さな声で呟くと、もう一度ギュッと抱きしめられた。

「つらい思いをさせて、すまなかった」

ささやく声は、どこまでも優しい。

(香司……)

忍は、目を瞬いた。涙が滲《にじ》んでくる。

「もう終わりかと思ったんだからな……」

「俺もだ。……心臓がつぶれるかと思った」

「バカ野郎……」

忍は、恋人の黒髪をぐっとつかんだ。少し力を入れて、自分のほうに引きよせる。

「まだ、オレに隠してることあるだろう？」

香司は漆黒の目を伏せ、低い声で呟いた。

「今は言えない。すまん」

数々のどたばた劇を生んできた「女に見える呪い」が、実は過酷な運命から忍を護っているなどということは口が裂けても言えなかった。

少なくとも、今は。

（何を隠してるんだよ、香司？）

「すまない。俺も心の整理がついたら、絶対に話す。東京に戻ってから……」

つらそうな口調で、香司がささやく。

その様子に、もっと追及しようと思っていた忍は、黙りこんでしまった。

たぶん、香司は何かを隠している。

（それで、昨日は態度が変だったのか。どんなことなんだろう。今、言えねえようなことって。隠されてると、よけい気になる……）

しかし、香司がここまで言っているのに無理強《むりじ》いするわけにもいかない。

不安も迷いも押し殺し、忍はけなげに微笑《ほほえ》んでみせた。

「わかった。オレももう無理には訊《き》かねえから」

爪先《つまさき》立って、香司の唇に軽くキスする。

香司の漆黒の目が、驚きと喜びに見開かれた。

唇をかわしたことは数えきれないほどあるが、忍からキスしてくれることは希《まれ》だ。

「忍……」

「オレも好きだよ、香司」

切ない想いで、忍は恋人のスーツの背中に両腕をまわし、ギュッと抱きしめた。

(おまえが話してくれるまで、待つよ)

＊　　＊

朝の光が、出雲の街を照らしだしていた。

神在祭の朝である。

これから一週間のあいだ、八百万の神々はこの出雲の地にとどまる。

忍はぼんやりとホテルのベッドに座り、テレビをながめていた。

シャワーを浴びて、ホテル備えつけの白いガウンを羽織っただけの格好だ。

首筋には、昨夜の戯《たわむ》れの痕《あと》が淡いピンクの花びらのようになって、うっすらと残っている。

胸には、香司からもらった一角獣のペンダントがぶらさがっていた。

つけっぱなしのテレビから、高倉健《たかくらけん》の映画が流れてくる。ケーブルテレビの任侠《にんきょう》映画チャンネルである。

室内には、香司の姿はなかった。

朝、目が覚めるともう出かけていたのだ。

それで、香司の帰りを待ちながら、ずっと映画を観《み》ていた忍だった。

(健さん……オレ、大丈夫かな)

高倉健は、忍の憧《あこが》れの人だ。

いつか、あんな男になりたいと思っている。

つらいことがあると、「健さんなら、どうするんだろう」と考える忍であった。

(健さん、オレ……元気な顔して、香司を安心させてやんなきゃいけねえのに、すげぇ不安なんだ。あいつは、オレに何を隠してるんだろう。……健さんなら、こんな時、黙って待つんだよな。オレもそうしてえけど……)

その時、ドアが開き、黒いスーツ姿の香司が入ってきた。

さっきまで、横山の部屋で打ち合わせしていたのだ。
あまり眠っていないのか、少し疲れた顔をしている。
だが、香司は幸せそうだった。
忍が映画を観ているのに気づいても、特に何も言わない。
「御霊丸の行方は、まだわからないらしい」
ベッドに座り、欠伸《あくび》をしながら香司は言った。
「そっか……」
忍はテレビを消して、恋人に近よった。
スーツの背中に抱きつき、猫のように頭をすりよせる。
少しでも不安を消し去りたくて。
香司は、うれしげな顔になった。白い手が、忍の髪をクシャクシャッとする。
「横山が言っていたが、三郎は風の神だそうだな」
（ああ、そうか……。オレ、香司には話してなかったんだ）
三郎が風の神だと知ったのは、綾人に電撃的にプロポーズされた直後のことだった。
だから、言えなかったのだ。
（まずいな。バレたら、また隠し事したって怒られるかな）
忍は、ふう……とため息をついた。

「ごめん。……オレ、ホントは知ってたんだ。おまえにも教えようと思ったんだけど、なんかタイミング悪くて、そのままになってた。ごめんな」

叱られるかと思ったが、香司は微笑んで「そうか」と言っただけだった。

「あんなふざけた風の神がいるとはな」

「うん……。変なひとだよね」

「三郎というからには一郎と二郎もいるはずだが……」

また欠伸をしながら、香司がボソリと言いかける。

その時、ホテルの電話がプルルルルッと鳴った。

香司はため息をつき、電話をとった。

「はい。……ああ、俺だ。……了解した」

さらにひとこと、ふたこと会話した後、香司は電話を切り、忍を見た。

その眼差《まなざ》しは、もう御剣《みつるぎ》家の次期当主のものになっている。

「横山からだ。下に鏡野も来ている。今後の打ち合わせをしよう」

「わかった」

短く答えて、忍も立ちあがった。

＊　　＊

数時間後、香司と忍は横山が運転するレンタカーで出雲大社の北西、日御碕神社にむかっていた。

継彦と静香がそこに移動したらしいという情報があったからだ。

綾人は三郎を捜すため、出雲市内に出ていた。

「日御碕神社には、鏡野継彦の厳重な警備が敷かれております。ここを突破するのは容易なことではないでしょう」

ステアリングを握りながら、横山が言う。

「現地で戦う時、血の穢《けが》れを鶺鴒《せきれい》の陣に持ちこまぬよう、充分にご注意ください。鏡野継彦が鶺鴒の陣を張り、術を使っているあいだは、あの社は出雲大社とつながっています。陣のなかで血を流せば、神在祭の最中、八百万の神々の御前で血を流すようなものです」

横山の言葉に、香司はため息をついたようだった。

（なんか、すげぇ条件厳しそうだな。大丈夫なんだろうか。血を流しちゃいけねえんなら、どうやって静香さんを取り戻せばいいんだろう）

忍も不安な想いで、窓の外をながめていた。

「〈青海波《せいかいは》〉は、血を流さずに妖《あやかし》を調伏《ちようぶく》できる。それに、こっちには呪符《じゆふ》も印香《いんこう》もある。心配するな」

香司が忍のブレザーの肩に腕をまわし、微笑んだ。

「うん……」

（だといいんだけど）

「忍、神社についたら〈大蛇切《おろちぎ》り〉を使え。あれで敵の動きを封じる。その隙に、静香を奪還しよう」

「でも……静香さんも苦しいんだぞ？」

「そうだな。だから、〈大蛇切り〉は三十秒以上は使いたくない。おまえも、そのつもりでいてくれ」

「わかった……」

忍は、ゴクリと唾《つば》を呑《の》みこんだ。

膝《ひざ》に載せていた黒鞘《くろさや》の小刀――〈大蛇切り〉をギュッと握りしめる。

水性《すいしよう》の妖を剋《こく》する小刀の不思議な力は、鞘におさめている今はまったく感じることはできない。

（大丈夫かな……。でも、やるしかねえんだ）

左手に美しい稲佐の浜を見て、レンタカーは曲がりくねった海沿いの山道を走りつづける。

十一月だというのに、山は松の緑が目立ち、紅葉した木はほとんど見あたらない。

＊　＊

神在月の出雲大社は、初詣《はつもう》でのような賑わいだった。

コートが欲しくなるような寒さのなか、松並木の参道にそってずらりと屋台が並び、巨大な注連縄《しめなわ》の下がった拝殿前にはお参りする人々の長い列ができていた。

しかし、出雲大社の玉垣《たまがき》の内にある上宮は人間社会の喧噪《けんそう》が嘘のようにシンと静まりかえっていた。

そこでは、一年ぶりの神議りが行われているのだ。

普段はがらんとした、だだっぴろい空間のなかに、今、大小さまざまの姿の八百万の神々がずらりと勢揃《せいぞろ》いしていた。

神々はみな朧《おぼろ》な影のようで、はっきりした実体は視《み》えない。

建物の奥には古びた祭壇があり、水、塩、白米、日本酒が供えられていた。

供え物の手前には、白木の台が置かれ、四角い金の鳥籠《とりかご》が飾られていた。

鳥籠のなかには、鶯《うぐいす》が一羽入っている。

雅楽が演奏されるなか、長い通路のむこうから三方《さんぼう》に折りたたんだ和紙を載せ、しずしずと巫女《みこ》が進みでてくる。

これもまた人間ではなく、位の低い神々の一人だ。

和紙には、今年結婚するはずの男女の名前が書かれている。

巫女が三方を鳥籠の手前に置き、恭《うやうや》しく頭を下げた。

「陸奥《むつ》でございます。神意を承りたく」

ややあって、鶯がホケキョと一声鳴いた。

左右の神々がざわっとざわめく。

――承認された。

――異議なし。

鶯の声が、神意を表す。

滅多にないことだが、鳥が鳴かなければ、その婚姻は神々の承認を得ることができなかったということになる。

その後も巫女たちが三方を運んでくるたびに、鶯は鳴いた。

陽《ひ》がしだいに高くなってきた頃だった。

一人の巫女が、三方に円い銅鏡を載せて運んできた。

銅鏡の縁《へり》には不思議な記号が刻みこまれ、中央には鶺鴒の文様が施《ほどこ》されている。

——それは？

朧な神々の一人が、尋ねる。

「当地の大蛇より奉納されました鏡にございます。神議りの場で神意を承りたいとの由《よし》にて」

——供えるがよい。

「はい」

巫女は、円鏡を祭壇の前にそっと置いた。

鏡がぼーっと淡く光りはじめる。

鏡の表面が虹色《にじいろ》の光でいっぱいになったかと思うと、ふいに人影が浮かびあがってきた。

鏡野継彦だ。紋付き袴を着て、両手で印を結んでいる。

継彦の横には、白無垢をまとった静香の姿も見えた。

「帝都の鏡野継彦、出雲の鏡野静香でございます。我ら二名、鶺鴒の陣のなかより謹んでご挨拶《あいさつ》申し上げます」

鏡のむこうから、継彦の落ち着きはらった声が流れてくる。

——大蛇か。

——辺津鏡はいかがいたした？

声にならない声が、金の鳥籠の周囲から立ち上る。

＊　　＊

同じ頃、出雲大社の北西、日御碕神社を凍えそうな風が吹きぬけていった。

風は白い天幕をはためかせ、社の杜《もり》を揺らす。

天幕――鶺鴒の陣のなかには、継彦と静香がいた。

鶺鴒の陣の奥には石の板が置かれ、そのまわりに注連縄が張りめぐらされていた。

石の板の上には銅の釜《かま》に五徳のような三本の脚がついた特殊な釜が置かれ、清水がいっぱいに満たされていた。

釜は、かつて盟神探湯《くがたち》を行う時に使われたものである。

野蛮な時代には正邪を争うために、煮えたぎる釜の湯に手を入れ、火傷《やけど》がなければ正義とされた。

しかし、今、継彦が行おうとしているのは盟神探湯ではない。

釜の清水から白い光が立ち上り、その光のなかに上宮の場景が浮かびあがっている。

継彦はこの水鏡を通じて、出雲大社の神々に話しかけているのである。

――辺津鏡はいかがいたした？

八百万の神々の一人が、水鏡のむこうから尋ねてくる。

「辺津鏡は、こちらにございます」

継彦は懐《ふところ》から円い銅鏡をとりだし、水鏡にむかって掲げてみせる。

「なれど、これなる鏡野静香が当主になるまでは使うことができませぬ。どうか、静香を当主とするためにも、我ら二名の婚姻の承諾をいただけますよう、伏してお願い申しあげまする」

継彦の隣には、白無垢を着せられた静香が無表情に立っている。

――大蛇の鏡を鳥の前へ。

水鏡には、巫女が三方に載せた銅鏡を鳥籠のほうへ運んでゆく姿が映っていた。

「ここまでくれば、もう承諾はいただけたようなものですな」

鶺鴒の陣の手前に控える戸隠が、ボソリと呟いた。

継彦が辺津鏡を懐にしまい、軍師の言葉に満足げにうなずく。

三方が、恭しく鶖の前に置かれた。

――大蛇の婚姻の神意を承りたく。

巫女が感情のこもらない声で言う。

鶖が今にも鳴こうかというように、嘴《くちばし》を開く。

その瞬間だった。

「その婚姻に異議あり！」

鋭い声が響きわたる。

ゴウッ！

同時に、黄色い炎が境内《けいだい》の端から端まで真一文字に吹きぬけた。

「何ぃ！」

静香とともに地面に伏せた継彦の頭上を、黄色い炎が通り過ぎてゆく。

鈍い音がして、水鏡の釜が倒れた。

水が地面を濡《ぬ》らし、水鏡はふっと消える。

同時に、南東の出雲大社でも鶯の前に置かれた銅鏡がパンッと二つに割れ、消滅した。

鳴こうとした鶯は目をパチパチさせ、翼を広げた。

「鶺鴒の陣が……破られましたな」

陰気な声で、戸隠が呟く。

火のついた天幕がメラメラと燃えながら、地面に落ちる。

出雲大社との通信は、途絶えた。

「おのれ！　何者だ！」

静香を背後にかばい、継彦が立ちあがる。

炎のむこうに、二つの影がすっと立った。

一人は黒いスーツの少年、もう一人は月兎学園のブレザー姿の少年だ。

「来たか、御剣香司、松浦忍」

継彦の瞳に、憎悪《ぞうお》の焔《ほむら》が燃えたつ。

＊　　＊

(間に合ったか……!?)

忍は荒い息を吐きながら、風のなかに立っていた。

「まだ鵟は鳴いていなかったようだ。危ないところだった」

香司がボソリと言う。こちらは、息も乱していない。

横山の姿はない。

付き人は、参道のほうで社の警備にあたっていた妖たちと戦っているのだ。

「鶺鴒の陣は消えた。流血の禁も解けたな」

香司はスーツの懐から、すっと和紙の包み——印香をとりだした。

「忍、俺が使えといったら、あれを使え。ためらうな」

「あ……うん」

忍は大きく息を吸いこみ、うなずいた。

（できるなら、使いたくねえけど……。静香さん、玉鱗が光ってた時もすげぇ苦しんでたし……）

しかし、今はもうそんなことを言っている余裕はなかった。

「よくも、この鶺鴒の陣を破壊してくれた」

継彦の瞳は、怒りにギラギラ輝いている。

その時、静香が蒼白《そうはく》な顔をあげた。

「助けて……」

声は弱々しかったが、忍たちの耳にははっきり届いた。

（静香さん……！）

忍は、息を呑んだ。

継彦も少し驚いたように静香を見下ろした。

「あれほどの呪縛《じゅばく》のなかで、まだ己の意思で言葉を発することができるか。さすがに分家とはいえ、鏡野の濃い血を受け継ぐ女。だが、無駄だ。たとえ神々の承認がなくとも、この鏡野継彦の妻として永久《とこしえ》に縛りつけてくれる」

銀髪の大蛇は冷ややかに言うと少女の細い肩をつかみ、ぐいと自分の足もとに引きずりよせた。

「きゃっ」

悲鳴をあげ、白無垢《しろむく》姿の静香は継彦の足もとに倒れこんだ。

必死に起きあがろうとしているが、ほとんど腕に力が入らない。

「てめえ……女の子にひでぇ真似《まね》しやがって！　やめろ！　静香さんは、嫌がってるぞ！」

「人間風情《ふぜい》に口を出される筋合いはない。これは、鏡野一族の問題だ。……戸隠、やれ！」

継彦の命令に応え、戸隠がすっと忍たちの前に移動してくる。

戸隠の手のなかに、三、四枚の呪符が現れた。

「人材不足の折ですから、やむをえません。私がお相手しましょう」

大蛇の軍師は、陰気な声でボソボソと言った。

香司がチラと忍を見、小声でささやく。

「走るぞ。鏡野継彦に近づいたら、〈大蛇切り〉を抜け」

「戸隠はどうすんだよ？」

忍も声をひそめて、尋ねる。

「まかせろ」

短く言うと、香司は印香を放った。

「稲荷香《いなりこう》、急々如律令《きゅうきゅうにょりつりょう》！」

印香は空中で黄色い炎をあげ、大きな黄色い狐《きつね》に変わる。

香司の式神で、土性《どしょう》の稲荷。水性の大蛇にとっては、天敵のようなものである。

「やれ、稲荷！」

——承知。

稲荷は高く跳びあがり、戸隠に襲いかかっていく。

「行くぞ、忍」

香司が走りだす。忍も、それにつづいた。

「来るか」

薄く笑って、継彦がすっと右手を横に出す。その手のなかに、冷たく光る日本刀が現れた。

「今だ、忍！」

香司が叫ぶ。

「ごめん、静香さん！」

忍は走りながら、黒鞘《くろさや》の小刀を鞘から引きぬいた。

青い光が、あたりを照らしだす。

「な……にっ!?」

継彦が苦痛に顔をしかめ、よろめいた。

静香も細い悲鳴をあげ、両手で心臓のあたりを押さえた。

戸隠も稲荷に踏みつけられ、動けなくなったようだ。

(急がなきゃ)

「香司!」

「よし!」

香司が素早く前に出る。

「おのれ……人間め……」

継彦は肩で息をしながら、その場に片膝をついた。

日本刀にすがって、ようやく身を起こしている。

「静香は返してもらう」

香司が、少女のほうに手をのばす。

その瞬間だった。

ザシュッ!

銀色の光が弧を描いた。

(え……っ!?)

香司が左手で顔を押さえ、飛《と》び退《の》いた。

「くっ……」

「香司⁉」

香司の白い頬に、つうっ……と一筋、鮮血が流れ落ちる。

(嘘⁉　怪我《けが》した⁉)

忍の心臓が、どくんと鳴った。

〈大蛇切り〉を握る指が、震えた。

「愚か者どもが」

継彦が、ゆっくりと立ちあがった。

その手には、香司の血に濡れた日本刀が握られている。

(切られたのか……⁉　なんで⁉)

「〈大蛇切り〉で、動けなかったはずじゃ……！」

「この私が二度も同じ手を食うほど、阿呆《あほう》だと思ったか」

継彦が勝ち誇ったような瞳で、着物の懐から青い呪符をとりだした。

(なんだ……あれ⁉)

薄笑いを浮かべ、継彦が香司をじっと見る。

「水気《すいき》を剋する土気《どき》の〈大蛇切り〉。では、土気を剋するのはなんだ」

「木気《もっき》の呪符か……」

感情を表さない声で、香司が呟く。

黒髪の少年は、左目のあたりを押さえていた。その指のあいだから、血が流れ落ちている。

（目……⁉　やられたのか、香司⁉）

「そのとおり。〈大蛇切り〉は、私には効かぬ。残念だったな」

もう一度、優雅な仕草で呪符を懐におさめながら、銀髪の大蛇は笑った。

「静香は渡さぬ。そして、ここがおまえたちの墓場になる」

言葉と同時に継彦は日本刀を構え、腰を落とした。

見事な構えだった。

百年、二百年、剣の修行をしても、なかなかこうはなるまい。

（これは……やばいんじゃ……）

「はあっ！」

裂帛《れっぱく》の気合とともに、銀色の刃《やいば》が宙を切った。

香司は、かろうじてかわした。

「稲荷符！　急々如律令！」

呪符を放ち、一瞬の隙をついて後ろに飛びすさる。

着地の時、香司はよろめいた。

「くっ！」

「香司！　しっかりしろ！　目、大丈夫か⁉」

「大丈夫だ……。目は見える。だが、血が目に入って……」

香司はスーツの袖《そで》で左目をこすり、顔をしかめた。

どうやら、切られたのは額だったようだ。

（どうしよう……）

香司はすぐに立ちあがり、呪符をとりだした。

「逃げろ、忍！」

ザシュッ！

振り下ろされる刃をかいくぐり、香司が呪符を放とうとした時だった。

ビシュッ！

ふいに、戸隠と戦っていた稲荷が消滅した。

「やった……！　ざまをみろ」

陰気な声で、戸隠が言うのが聞こえた。

戸隠もまた、胸もとに〈大蛇切り〉に対抗する呪符を仕込んでいたらしい。

香司の目が見開かれる。

術を破られた衝撃を、吸収しきれない。

同時に、重い刃が香司の頭上に落ちかかってくる。

「死ね」

冷酷《れいこく》な声が、響きわたる。

「香司！」

（嫌だ！　殺させねえ！）

無我夢中で、忍は手のなかの〈大蛇切り〉を継彦にむかって投げつけた。

ザシュッ！

「な……にぃっ！」

継彦がよろめき、後ずさる。

（嘘……）

〈大蛇切り〉は、見事に継彦の左胸に突き立っていた。

銀髪の大蛇は胸に刺さった〈大蛇切り〉を見下ろし、弱々しく唇を動かした。

継彦の顔が、見る見るうちに青ざめていく。

カラン……と音をたてて、日本刀が地面に落ちた。

（やべえ……。刺さった……！　そんなつもりじゃなかったんだけど。……でも、この隙に！）

忍は、とっさに駆けだした。

倒れている静香の腕をつかみ、細い身体《からだ》をささえて立ちあがる。

血まみれの香司もよろめきながら近づいてきて、静香のもう一方の腕を肩にかけ、懸命に歩きだす。

「香司、急げ！」

（このままじゃ、静香さんが……。すげぇ苦しそうだ）

「わかっている！　少しでも〈大蛇切り〉から離れるんだ！」

香司が叫ぶ。

その額から流れだす血が、黒いスーツの胸にポタポタと滴《したた》っている。

（大丈夫だろうか、香司……）

出血の量は、かなり多い。

（早く手当てしねえと）

二人が静香を抱えて境内の中ほどまでやってきた時だった。

「おのれ……！」

背後で、怒りと怨念《おんねん》の入り混じった声がした。

恐る恐る振り返ると、継彦が胸の〈大蛇切り〉をつかみ、引き抜くのが見えた。

シャリーン……！

継彦の手のなかで小刀は砕け、無数の破片になって飛び散った。

（嘘……！　なんで……!?）

継彦はニヤリと笑い、震える指で懐から木気の呪符をとりだした。

呪符は血に染まり、穴が開いていた。

〈大蛇切り〉の刺さった穴だ。

「これがなければ、死んでいた……」

継彦がゆっくりと手を離すと、血に濡れた呪符は空中で燃えあがり、風に吹き飛ばされていく。

銀髪の大蛇はがっくりと膝をつき、赤黒い血を吐いた。その足もとに、血溜《ちだ》まりができていく。

「やれ、八雲《やくも》……！」

弱々しい声が命じる。

「は……」

忍と香司の行く手で、応《いら》えがあった。

どす黒い妖気とともに、地面から赤い髪の頭がぬけだしてくる。

頭につづいて、市松模様の着物を着た肩、紺の袴に包まれた腰が現れる。

（しまった……！　こいつもいたんだ）

忍は、思わず身震いした。

こちらには怪我人と、意識のない静香がいる。

（オレが護らなきゃ……。こんな時こそ、オレがしっかりしなきゃダメだ）

「香司、静香さんを頼む」

言いながら、前に出ようとする忍を香司が制した。

「あいつは、俺が相手をする。おまえは、静香を連れて逃げろ。意識が戻れば、こいつがおまえの呪いについて教えてくれるだろう」

（冗談……！　オレたちをかばって死ぬ気かよ!?）

忍は、息を呑んだ。

「嫌だ！　冗談じゃねえよ！　そんな身体で、無茶言うな！　オレも戦う！」

「静香を護ることを考えろ。……来るぞ」

妖気を含んだ風が吹きつけてくる。

赤い髪の少年は冷ややかな目で忍たちを見、すっと白い手をあげた。

「出《い》でよ、ぼくの可愛い九十九神よ！　雷電《らいでん》！」

その声に応えて、市松模様の着物の袖から獣臭い風が吹きだしてきた。

風のなかから、矢のように金色の妖が飛びだしてきた。

妖は虎《とら》のような姿で、鋭い爪と牙を持っていた。

（出た……！　九十九神！）

香司はゆっくりと腰を落とし、身構えた。

「いいか、逃げるんだ、忍」

「香司、死んだら絶対許さねえ！」

それだけ怒鳴って、忍は白無垢姿の少女をささえ、懸命に歩きだした。

その行く手に、雷《いかずち》が落ちる。

ドドドドドドドドーンッ！

「うわっ！」

――逃がしはせぬ。

雷電と呼ばれた妖が、長い金色の尻尾《しっぽ》を左右に振った。

ドドドドドドドーンッ！

再び、忍の側《そば》に雷が落ちた。

忍は静香を抱きしめたまま、立ちすくんだ。

(ダメだ……。動けねえ)

「いいぞ、雷電！　静香さまを取り戻せ！」

八雲の叫びに応え、雷電と呼ばれた妖は一声、ガーッと鳴いた。

大気がビリビリ震える。

神社の鳥居の端が砕け、地面に落ちる。

参道にもピシピシと音をたてて、亀裂《きれつ》が走った。

（うわ……！）

——参る！

背を丸め、金色の獣が一気に跳躍した。

「朱雀符《すざくふ》、急々如律令！」

香司の手もとから、素早く和紙の短冊《たんざく》——呪符が飛んだ。

呪符は空中で鮮やかなワインレッドに燃えあがり、雷電の腹部に吸いこまれていく。

ギャンッ！

一声鳴いて、金色の妖は地面に転がった。

腹に貼《は》りついた呪符を後脚でかきむしり、叩き落とし、背中の毛を逆立てて起きあがる。

——おのれ、御剣香司！

（あれ？）

虎のようだった雷電の姿が、溶けるように変化しだした。

なめらかな身体のラインがゴツゴツしはじめ、耳と尻尾が落ち、脚がなくなる。

気がつけば、そこに浮いていたのは無数の金色の小判が寄り集まった蛇のような生き物だった。

胴の太さは、大人二人が両腕で抱えられるほど。

（嘘……！　なんだよ、あれ⁉）

「毛蟲《もうちゆう》、金気《ごんき》の妖だ。臭《にお》いは腥《せい》、数は九、味は辛《しん》、音は商《しよう》。火剋金の理《ことわり》によって、火気《かき》の呪符の前に姿を現す」

香司が、慣れた仕草でスーツの懐から白木の小刀をとりだした。

たとえ傷ついていたとしても、九十九神ごときに苦戦する香司ではない。

「視えたぞ。おまえは、金霊《かねだま》だ。小判の精で、もとは福神。だが、邪悪な妖気を受けるうち、いつしか金気の妖に変わったのだろう」

繊細な白い指が、優美な仕草で刀身をさっと撫でた。

パッと赤い煙があがる。

「伽羅《きやら》、羅国《らこく》、真那蛮《まなばん》、真那賀《まなか》、佐曾羅《さそら》、寸門多羅《すもんたら》！　急々如律令！」

早口に唱えると小刀はパーッと光りだし、長くのびて、菖蒲《しようぶ》の葉のような形の銀色の剣に変わった。

「〈青海波〉に火気の属性をつけた。金気のおまえは、火気に剋される」

――人間風情に、われが倒せるものか！

金霊はジャラジャラと音を鳴らしながら、空中に飛びあがった。

小判の背を波打たせ、まっすぐ香司に襲いかかってくる。

その金属の身体のどこがあたっても、人間の脆《もろ》い肉体は無事ではすむまい。

（香司！）
忍は息を呑み、ぐったりした静香を抱きかかえたまま、この光景を見守っていた。
「やれ、金霊！　そのまま、押しつぶせ！」
八雲の叫び声が響きわたる。
香司は〈青海波〉を構え、金霊を迎え撃った。
血に染まった横顔は、凄絶《せいぜつ》なまでに美しい。
ザシュッ！
金霊の長い身体に、まっすぐ銀色の筋が走る。
——なっ……！
金霊は怯えの色を浮かべ、動きを止めた。
香司が、まぢかで金霊を見下ろした。
その闇色の瞳には、哀れみとも嘆きともつかない色がある。
「言ったはずだ。金気のおまえは、火気に剋されると」
その圧倒的な自信。
やはり、その身体《からだ》のなかに流れているのは御剣の直系の血。
風のなかに立つ黒髪の少年は、鮮やかな動作で剣を横に払った。
「五行《ごぎょう》に還《かえ》れ」

次の瞬間、チャリンチャリンと音をたて、地面に無数の小判が落ちはじめた。

金霊はそのまま、小判の山に変わり、大気に溶けるようにして消えていく。

「とどめがいるか？」

香司が八握剣《やつかのつるぎ》を手にしたまま、静かに継彦を振り返った。

（終わった……のか）

「御剣め」

継彦は、苦々しげに笑った。

その傍らでは、八雲が蒼白な顔で地面に膝をついている。

九十九神を倒され、術を返された形になったため、ダメージを受けているのだ。

戸隠もまた、ぐったりとした様子で座りこんでいる。

「結婚の承認は得られなかったようだ。おまえの望みは潰《つい》えた。あとはどうする？」

冷ややかな口調で、香司が言う。

継彦は、暗い瞳でじっと香司を見た。

その眼差しの奥には、原初の闇がある。永の年月、人が怖れつづけてきた夜の恐怖そのものが。

しかし、香司は継彦の目を見返したまま、微動だにしなかった。

その手のなかの八握剣は幾世代にもわたって闇を切り裂き、人の世に光明をもたらしてきた剣だ。

「最初に確実に殺しておかなかったのが、私の失策だ。だが、まだ勝ったと思うなよ。こちらには、辺津鏡がある」

銀髪の大蛇は震える手をあげ、胸の前で印を結んだ。

ゴウッと風が巻き起こり、境内を吹きぬける。

（あ……！）

風が止《や》んだ時、境内に継彦の姿はもうどこにもなかった。

八雲と戸隠の姿も消えている。

（助かった……）

今さらのように震えだしながら、忍は境内を見まわした。

いつの間にか、拝殿の屋根は崩れ、階段はあちこち陥没し、注連縄がだらりと地面に垂れ下がっている。

（あーあ……。ひでえな）

その時、白無垢姿の静香が苦しげにうめき、忍の腕をつかんだ。

「苦し……」

「静香さん！　しっかりしてください！」

香司も駆けよってくる。

「大丈夫か？　車に運んで、安全な場所に……」

　香司が言いかけた時、不穏な風が吹いた。

　瘴気《しょうき》が肌を刺す。

（え……⁉）

「香司さま！」

　横山の叫び声がした。

　見ると、付き人は鳥居のほうを指差していた。

　そこには、白い着物に黒袴姿の青年がひっそりと立っていた。長い黒髪が強い風に煽《あお》られ、ふわっと舞い上がる。

　青ざめた顔は、妖しいまでに美しかった。

（あいつ……！）

　忍は、目を見開いた。

　夏の事件の時、自分をかばってダムの水底《みなそこ》に消えた龍神、御霊丸だ。

　その後ろから、綾人が走ってくるのが見えた。

「来たか、御霊丸」

　香司が低く呟く。

（鏡野さんが連れてきてくれたのか？　それとも、勝手に来たのか……？）

御霊丸は無感動な瞳で人間たちを見、音もなく歩きだした。

その足もとで幻の波が揺れ、小魚が跳ねあがる。

「くっ……！」

静香は白無垢の胸を鷲《わし》づかみにし、小刻みに震えていた。

その左胸には、はっきりと鱗の形をした光が浮き上がっている。

龍神の漆黒の瞳は、ただその光だけを見つめている。

（あいつ……オレたちに対する敵意はない。玉鱗しか視えてないんだ。オレたちがここにいるのも、わかってないいんじゃないいだろうか）

なぜだか、忍はそう感じた。

御霊丸は、ゆっくりと忍たちに近づいてきた。

まぢかで見る龍神は、長島《ながしま》ダムのなかで見た時よりも穏やかな顔をしていた。

探しつづけた鱗をようやく見つけたせいだろうか。

「静香！　それに香司君、怪我をしたのかい？　大丈夫かい？」

綾人が忍たちに駆けよってくる。

しかし、龍神は大蛇が横を通っても顔色一つ変えなかった。

「俺はかすり傷だ」

香司は、素っ気なく言う。

あきらかに大量に出血しているくせに、強がってみせている。

綾人は心配そうな目でチラと香司を見、従妹《いとこ》の側に膝をついた。

「大丈夫か、静香？　ぼくだよ。わかるか、静香？」

静香は、ほとんど意識がない状態だ。

「すみません。なんとか取り返したんですけど、この状態で……」

忍は綾人に場所を譲りながら、頭を下げた。

〈オレがもっと早く、〈大蛇切り〉をなんとかしていれば……〉

「いや、叔父上から護ってくれただけで上出来だ」

言いかけた綾人が、ふと口をつぐみ、目をあげた。

そこには、長い黒髪の龍神が立っている。

〈御霊丸……〉

龍神は優美な仕草ですっと手を上げ、白無垢姿の少女の胸の上にかざした。

「私の鱗を返してもらおう」

よく響く声がそう言った。

そのとたん、少女の胸の輝きがいっそう強くなった。

「くぅ……っ……！」

静香は、激痛に顔を歪《ゆが》める。

綾人がつらそうな表情になって、従妹の身体を強く抱きしめた。

「がんばれ、静香」

(静香さん、大丈夫か……)

忍も両手を握りしめ、息を殺して、この光景を見守っていた。

ふいに、白無垢の胸から手のひらほどの黒い鱗が飛び出してきた。

静香が甲高い悲鳴をあげ、背をのけぞらせる。

(あ……鱗！　あれが玉鱗なのか……)

龍神は白い両手をのばし、水をすくうような仕草で玉鱗をすくいとった。

御霊丸が触れたとたん、黒かった鱗はすうっと透きとおり、不思議な虹色に輝きだした。

空の青、果実の赤、花の黄色、紫、緑……自然界にある色がすべて凝縮したような、美しい色だった。

虹色の光が、神社のなかを照らし出す。

(すげぇ……綺麗だ……)

鱗がぬけて苦痛が去ったのか、静香の身体から緊張が消えた。

目を閉じた顔はまだ蒼白だったが、別人のように安らかになっている。

ホッとして、気絶したらしい。

「ようやく戻った……。私の玉鱗……」

御霊丸の顔が、パッと明るくなる。

その一瞬、龍神の顔は正視できないほど美しく、また神々《こうごう》しく見えた。

夕焼けに染まり、複雑に色を変える雲と空を美しいと感じるように。

青空のもと、雪をいただき、彼方《かなた》にそびえる高い山に人が畏《おそ》れを抱くように。

それはやはり、人間の世界の美ではない。

龍神は人の姿をしていたが、やはり人には見えなかった。

(よかった……。これで正気に戻るのかな)

忍はチラリと香司を見た。

香司もただ、まっすぐ龍神を見上げている。

正気を失い、一人の少年に永の年月、重い呪いをかけつづけた荒ぶる神——緑野を曲がりくねりながら流れる滔々《とうとう》たる大河の精を。

鱗はすうっと龍神の体内に吸い込まれ、消えていった。

あたりに芳《かぐわ》しい風が巻きおこる。

龍神の長い黒髪が宙に舞い、渦巻く風のなかでその姿は視えなくなってゆく。

(うわ……)

忍は顔にかかる髪を押さえながら、立ちあがった。

どこからともなく無数の白い花が降ってくる。

（花？）

広げた忍の手のひらに、甘い香りとともに五弁の白い花がふわりと舞い降りてきた。

「なんだ、これ？」

「野茨《のいばら》だな」

ボソリと香司が呟く。

香司は、眩《まぶ》しげな目で出雲の空をふり仰いだ。

綾人も静香を抱きしめたまま、空を見上げた。

雪のように舞い落ちる白い花のなかを、ふいに巨大な白い生き物が通り過ぎた。

白龍だ。

その胸のあたりには、一ヵ所、くっきりと鱗の形の白い光が点っていた。

（ああ……御霊丸、龍の姿に戻ったんだ）

くるくるとまわりながら落ちてくる無数の花のなかを、御霊丸の化身の白い龍はうれしげに背を波打たせ、どこまでもどこまでも昇ってゆく。

やがて、白龍は青空のむこうに消えていった。

白龍の去った北の空に、いつしかポッカリと虹が浮かんでいた。

「終わったね。大井川に帰ったのかな」

ポツリと綾人が呟く。

「ああ、一件落着だな」

香司が見事な虹を見上げながら、低く言った。

「香司……これ……」

忍はブレザーの胸ポケットを探り、生玉《いくたま》をとりだした。

香司の瞳が優しくなる。

「治してくれるのか」

「うん。できるかどうかわからないけど」

(前に、香司の怪我は治せたんだよな。いつもできるわけじゃねえけど)

「おまえにならできる」

微笑んでそう言うと、香司は忍が治療しやすいように、ゆっくりと膝をついた。

＊　＊

旧暦十月——神在月の出雲での事件は、こうして解決した。

玉鱗を取り戻した龍神、御霊丸は正気に戻り、故郷の大井川に戻ったという。

しかし、玉鱗を失っていたあいだの記憶はまだ戻っていないようだ。

玉鱗に憑《つ》かれていた鏡野静香は、妖力を消耗しきったせいか、ずっと眠りつづけている。

鏡野継彦、戸隠、八雲の行方は知れない。

辺津鏡は、今なお継彦の手もとにある。

神在祭の後、風の神、三郎は姿を消した。

噂《うわさ》によると、この一年間の「悪戯《いたずら》」のお仕置きとして富士《ふじ》の風穴に閉じこめられたというが、真偽のほどは定《さだ》かではない。

鏡野綾人は眠りつづける静香を分家の屋敷に運び、しばらくそこにとどまることになった。

継彦と静香の結婚話は、立ち消えになった。

事件の翌朝、松浦忍と御剣香司は一度、月兎学園に戻った。

心配して待っていた三帝たちは、大喜びした。

「無事だったか、松浦」

「生きててよかったですぅ！　もうちょっとで、建売《たてうり》が警察庁長官に電話するところでしたぁ！　心配性は、若禿《わかはげ》のもとですぅ！」

「お……俺だけじゃないよ。みんな、心配してた……」

ナイトたちやクラスの女子たちも、忍を歓迎してくれた。

＊　＊

「あったよ。これだね、君の傷薬」

綾人が蛤《はまぐり》に入った薬をそっと白兎《はくと》に手渡した。

「ありがとうございます！　これで、ぼく、またみんなの怪我を治してあげられます！」

白兎はペコリと頭を下げた。

日御碕神社での戦いの翌日だった。

白兎の母の形見の傷薬は、時計塔のなかで見つかったのだ。

綾人も、従妹のしたことに責任を感じていたらしい。

静香が白兎からとりあげたという傷薬の話を聞き、率先して探しはじめたのだ。

「よかったね、白兎」

忍も、笑顔で兎耳の少年にうなずいてみせた。

その隣には、香司が立っている。額には包帯が巻かれていた。

忍の生玉でも、傷は完全には治らなかったのだ。

「それ、ぼくが治してあげます」

白兎が香司を見上げ、蛤から傷薬をすくいとる。

香司はためらいもせず、包帯を外して、白兎の薬を塗ってもらった。

生玉でも消せなかった傷痕は、奇跡のように一晩で治った。

モデルとしての香司の将来をひそかに心配していた忍は、ホッとした。

今日も、白兎はまた学園の泉の側で、誰か生徒が傷を治してほしいとやってくるのを待っている。

(なんか……帰っちまうのが寂しい気もするな)

最初の朝、その前に立った時とはまったく違う気持ちで、忍は月兎学園の重厚な正門を見上げた。

隣には、香司が穏やかな表情で立っている。

「忍さま、香司さま、どうぞ」

レンタカーが停まり、横山が運転席から降りてきた。

忍と香司は車に乗り込み、走り去った。

教生の鈴木一郎と校医の鏡野も、忍と時を同じくして月兎学園から姿を消した。

残された三帝たちは、忍と同じ大学への進学を検討しはじめた。

＊　　　＊

忍が東京に戻ると、紫文《しぶん》学園ではとんでもない噂が流れていた。

なんと、ダミーの忍がみんなの前で五十嵐浩平《いがらしこうへい》を押し倒し、キスしようとしたというのだ。

五十嵐はまたしても鼻血を噴いたらしい。

(バカ野郎！　なんで、そんなことになっちまったんだよ⁉)

また、いつの間にか、バンドの「美少年ブラザーズ」が始動していた。

メンバーは、優樹《ゆうき》とダミーの忍だ。

二人は「美少年のサンバ」という曲でデビューを狙っているという。

(おい……ちょっと待てよ)

忍は家に帰るなり、香司に文句をつけた。

——のっぺらぼうの奴、留守中にずいぶん勝手にやってくれたじゃねえか。どうすんだよ、あれ？

——すまん。いつもはもっと優秀な奴を使うんだが、今回は急なことだったからな……。後のフォローは、おまえが自分でなんとかしてくれ。

(えーっ⁉)

忍はショックを受けたが、今さらどうすることもできなかった。

毒島《ぶすじま》は、相変わらずの態度で忍を迎えた。

——忍さん、あちらで男湯にお入りになったんですって?

——え……いえ……あの……それは……男に化けていたので、しかたなく……。

——まあああ！　ふしだらな！　破廉恥《はれんち》な！　そんなはしたない真似をなさるお嬢さんが、御剣家の御台《みだい》さまにふさわしいと思いますの!?　信じられません。私、熱が出てきましたわ！

忍はお仕置きに納戸《なんど》の大掃除を言いつけられ、貴重な土日を埃《ほこり》まみれで過ごすこととなった。

もちろん、オヤツもぬきである。

相変わらずの——それなりに平穏な日々が戻ってくる。

しかし、一つだけ、忍の心を悩ます問題があった。

呪いをかけている龍神が正気に戻ったはずなのに、「女に見える呪い」が解けていないのだ。

香司も倫太郎《りんたろう》も首をかしげている。

*　　　*

神在祭が終わって一週間ほど後、出雲大社の奥の茶室で、御剣家主催の香筵《こうえん》が開かれていた。

神々の神議《かむはか》りの最中に八握剣をふりまわし、鏡野継彦との争いを起こしてしまったことへの謝罪の意味をこめた催しである。

茶道でいえば亭主役にあたる香元は、忍だった。

香司が香元の隣で、執筆《しっぴつ》をつとめる。

二人はこの香筵のために、再び出雲を訪れていた。

香筵の席には出雲大社の関係者をはじめ、地元の名士、著名な妖たちが顔をそろえていた。

妖たちのなかには、上品な紺色の着物の鏡野綾人の姿もあった。

こちらはまだ静香の看病のため、出雲に滞在中である。

「羽衣香《はごろもこう》を始めます」

忍はしとやかに青畳に両手をつき、香筵の始まりを告げた。

深みのある朱色の振り袖《ふそで》を着て、栗色《くりいろ》のつけ毛をつけ、アップにしている。

今年の一月に御剣家の初香筵で香元をつとめ、顔から火が出るような大失態を演じたこともあった。

しかし、長い花嫁修業を経て、いつしか忍の所作から迷いと無駄が消えていた。

優美な手つきで香道具を準備し、袱紗《ふくさ》で清めてゆく。

（よし……ここまでは大丈夫）

執筆によって作法どおりに畳に置かれた火取《ひど》り香炉から、一の香炉、二の香炉へと火のついた炭を移し、香筋《きょうじ》と呼ばれる箸《はし》で香炉の灰に綺麗に箸目をつけてゆく。

来客たちのあいだから、期せずして「ほう……」という感嘆のため息がもれた。

「見事ですな」

「さすがは、御剣家の……」

深緑の着物姿の香司が、誇らしげに恋人を見守っている。

香司の目から見ても、今夜の忍は完璧《かんぺき》だった。

緋毛氈《ひもうせん》の端に座る綾人も、熱っぽい眼差しを忍にむけている。

たどたどしい手つきだった正月の忍と今日の堂々としていて美しい忍の落差にびっくりし、また惚《ほ》れなおしているらしい。

（さて、銀葉。がんばらなくちゃ）

神経を集中させ、忍は銀葉鋏《ぎんようばさみ》と呼ばれるピンセットのような香道具で薄い雲母《うんも》の板――銀葉をつまみ、箸目をつけた香炉の上にそっと置いた。

位置もピタリと決まっている。

（今日は調子がいいな）

きっと、香司が側にいてくれるせいだろう。

微笑み、忍は青畳に両手をついた。

「本香《ほんこう》、たきはじめます」

来客たちがいっせいに畳に手をつき、頭を下げる。

張りつめた空気が心地よい。

忍は細心の注意をはらって、香木を包んだ和紙を開いた。

（ああ、ちゃんとある）

一月に香元をつとめた時には、この段階で香木が行方不明になって、パニックになったのだ。

あの日のことを思い出して、忍はかすかに微笑んだ。

ずいぶん遠くまできてしまった気がする。

（あの時はどうなることかと思ったけど……）

忍は作法どおりに香匙《こうさじ》と呼ばれる小さな銀のスプーンのような道具を使い、香木を銀葉の上に載せた。

ふわっと甘い香りが広がった。

それと同時に、香炉から金色の光の粒のようなものが立ち上りはじめた。

来客たちのあいだから、さっきよりも大きな「おお」というどよめきが聞こえた。

「これは……いったい……」

「香炉が光っている……」

忍は、ただ微笑んでいた。

執筆の香司が、穏やかに言い添える。

「これが御剣流の羽衣香です。おめでたい時にたく香で、別名を言祝《ことほ》ぎ香《こう》とも申します」

「ほう……言祝ぎ香。素晴らしい香だな」

来客の一人が、うっとりしたように香炉を見つめた。

金色の光はますます強くなっていく。

(すげぇよな……。こんな香があるなんて……)

御剣家でこの香を初めて練習させられた時には、忍もずいぶんびっくりしたものだ。

しかし、今は来客たちの驚く様子を微笑みながら見守る余裕もできた。

立ち上る光のなかから、小さな金色の鳳凰《ほうおう》が飛びだしてきた。

鳳凰は光の粒をまき散らしながら、茶室のなかを飛びまわる。

「なんと……！　美しい……」

「鳳凰ですか。めでたいですなあ」

鳳凰の後から二体の小さな天女が現れ、薄紅色の羽衣をたなびかせながら優美に舞いはじめた。

微笑みながら、その光景を見上げる忍の横顔は以前よりも大人びて見える。

やがて、感嘆の声をあげていた来客たちは一人静まり、二人静まりして、そのうち、みな口をつぐんで鳳凰と天女の織りなす幻想的な光景に見入っていた。

こうして御剣家主催の香筵は、大成功のうちに終わった。

＊　＊

「今日はよくやった」

香司が、忍の栗色の髪をくしゃっとつかんだ。

夜の稲佐の浜だった。

暗い浜辺に、二人以外の人影はない。

頭上には、満天の星空が広がっている。

忍はつけ毛を外し、化粧を落とし、ジーンズに柿色《かきいろ》のセーターを着て、焦げ茶色のパーカを羽織っている。

香司は、まだ着物姿だ。

出雲大社での香筵が終わった後である。

横山は近くにレンタカーを停め、忍たちの帰りを待っている。

「ん……。サンキュー」

少し照れながら、忍は恋人の肩に頬を押しあてた。

ふわっと羽衣香の芳香が立ち上る。

忍の髪にも、同じ匂《にお》いが染《し》みついていた。

「寒くないか？」

小声で、香司が尋ねてくる。

「うん。大丈夫」

「東京に戻ったら、親父《おやじ》に話をしよう」

穏やかな声で、香司が言った。

「え？　話って？」

「約束しただろう。おまえとのことを父親にきちんと話して、呪いが解けても一緒に暮らしたいと言うと」

香司の表情は、真剣だった。

「香司……」

（覚えててくれたんだ……）

うれしい驚きで、胸の鼓動が速くなる。

「ホントに言うのか？　すげぇ反対されると思う……」

（オレは男だし、御剣家の跡継ぎが女と結婚しない宣言なんかしちまったら、絶対やばい

よな)

「茨《いばら》の道は覚悟のうえだ」

香司が、かすかに笑った。

以前より、いっそう大人びた気配。

(かっこいいよ……香司……。どうしよう)

ドキドキしながら、忍は恋人の男性的な顔を見上げた。

たった一つしか違わないのに、香司はすでに成熟した男としての色香を身につけはじめている。

それが忍には誇らしくもあり、また照れくさくもあった。

この出雲での事件を乗り越えたことで、香司は一回りも二回りも成長したように見える。

おそらくは、時計塔での体験が彼を大きく変えたのだろう。

(ホントに、あそこで何があったんだろう。いつか話してくれるんだろうか……)

そんな忍の心を読んだように、香司がそっと言った。

「東京に戻ったら、時計塔のことも話す」

「うん……」

二人は、それきり黙りこんだ。

夜空を横切って、つっ……と流れ星が走る。

「あ、流れ星」

「願いをかけよう」

「ダメだよ。もう消えちまった」

言いあっていると、視界の左の隅でもう一つ、星が流れた。

「あっちにも！」

忍と香司は、無言で流れ星に祈った。

たぶん、同じ願い事を。

やがて、恋人たちはどちらからともなく手をつなぎ、冷たい風の吹く夜の浜辺を歩きだした。

駐車場の暖かな車のなかで、横山が待っているのはわかっていた。

それでも、恋人たちは藍色《あいいろ》の夜空をながめ、星を数えながら、駐車場には戻ろうとしなかった。

『少年花嫁《ブライド》』における用語の説明

妖《あやかし》……強い妖力《ようりょく》を持つ、人間以外の生き物の総称。多くの妖は、人間界と一部重なりあうようにして存在する妖の世界で暮らしており、人間界には姿を見せない。だが、なかには人間界で人間のふりをして暮らす妖もいる。妖たちの性質は、木《もく》、火《か》、土《ど》、金《ごん》、水《すい》の五行《ごぎょう》に対応している。

木性《もくしょう》の妖……鱗蟲《りんちゅう》と呼ばれる。臭《にお》いは羶《せん》、数は八、味は酸、音は角《かく》。金性に弱い。

火性《かしょう》の妖……羽蟲《うちゅう》と呼ばれる。臭いは焦《しょう》、数は七、味は苦、音は徴《ちょう》。水性に弱い。

土性《どしょう》の妖……裸蟲《らちゅう》と呼ばれる。臭いは香《こう》、数は五、味は甘、音は宮《きゅう》。木性に弱い。

金性《ごんしょう》の妖……毛蟲《もうちゅう》と呼ばれる。臭いは腥《せい》、数は九、味は辛《しん》、音は商《しょう》。火性に弱い。

水性《すいしょう》の妖……介蟲《かいちゅう》と呼ばれる。臭いは朽《きゅう》、数は六、味は鹹《かん》、音は羽《う》。土性に弱い。

生玉《いくたま》……万物を生かし、健やかに保つ力のある勾玉《まがたま》。魂《たましい》を象徴するとも言われ、人間界の祭祀《さいし》の家、玉川家《たまがわけ》に永く伝わっていたが、現在は御剣《みつるぎ》家が保管している。

印香《いんこう》……五行に対応した香の粉末に熱湯を加え、粘土状に練りあげたものを型抜きして作る。線香と素材は同じだが、線香よりも壊れにくいため、携帯用に使われる。普段は和紙に包んであり、使う時には発火させなければならない。御剣香司《こうじ》が使うと、式神《しきがみ》である五神獣（青龍《せいりゅう》、朱雀《すざく》、白虎《びゃっこ》、玄武《げんぶ》、稲荷《いなり》）を出現させることができる。

大蛇切《おろちぎ》り……水性の妖、とくに大蛇を剋《こく》する力を秘めた小刀。

鏡野家《かがみのけ》……妖のなかでも強い妖力を持つ大蛇の一族。御剣家とともに、人と妖、二つの世界に多大な影響力を持っている。

相生《そうしょう》……陰陽五行説における五行のお互いの関係の一つ。木火土金水の五行のあいだにある、水気《すいき》によって生じた木気《もっき》は火気《かき》を生じ、火気は土気《どき》を生じ、土気は金気《ごんき》を生じ、金気は水気を生じるという無限の循環のこと。相生の関係にあるもの同士は、相性がいい。

相剋《そうこく》……相生の反対。木気は土気を剋し、土気は水気を剋し、水気は火気を剋し、火気は金気を剋し、金気は木気を剋すという。相剋の関係にあるもの同士は、相性が悪い。相生と相剋の両方があることによって、万象は循環し、世界は安定を保っているのである。

辺津鏡《へつかがみ》……太陽と豊饒《ほうじょう》、富を象徴する鏡。代々、鏡野家の当主に伝えられている。

御剣家……古くから人と妖の仲立ちを務めてきた、人間の家。政財界への影響力は大きい。

御剣流香道……陰陽師《おんみょうじ》の香道。魔を退ける力を持つ。対妖の戦闘では、五行の力を封じた呪符《じゅふ》と香を使う。

八握剣《やつかのつるぎ》……御剣家に伝わる、武力を象徴する剣。別名を〈青海波《せいかいは》〉という。邪を滅する力を持つ。

夜の世界の三種《さんしゅ》の神器《じんぎ》……八握剣、生玉、辺津鏡のこと。この三種の神器を手に入れたものは、絶対的な言霊《ことだま》で人も妖も支配する。〈闇《やみ》の言霊主〉になれるという伝説がある。

〈参考図書〉

『陰陽五行と日本の民俗』（吉野裕子／人文書院）
『香と茶の湯』（太田清史／淡交社）
『香道入門』（淡交ムック）
『現代こよみ読み解き事典』（岡田芳朗・阿久根末忠編著／柏書房）
『図説　日本の妖怪』（岩井宏實監修・近藤雅樹編／河出書房新社）
『図説　日本未確認生物事典』（笹間良彦／柏書房）
『鳥山石燕　画図百鬼夜行』（高田衛監修・稲田篤信・田中直日編／国書刊行会）
『日本陰陽道史話』（村山修一／大阪書籍）
『神道の本』（学習研究社）
『妖怪の本』（学習研究社）
『出雲大社』（千家尊統／学生社）
『出雲神話の真実』（関裕一／ＰＨＰ研究所）

あとがき

はじめまして。そして、一巻目から読んでくださっているかたには、こんにちは。お待たせしました。『少年花嫁《ブライド》』シリーズ第七巻『虹と雷《いかずち》の鱗《うろこ》』をお届けします。

これは、私にとってホワイトハート文庫で五十冊目の本になります。

デビューした時には、こんなに長いこと書かせていただけるとは思いませんでした。

機会をあたえてくださったホワイトハート編集部のみなさま、そして、今までずっと応援してきてくださったあなたに、心からお礼申し上げます。本当にありがとうございました。まだまだがんばっていくつもりですので、いっそうの応援をお願いいたします。

さて、今回の舞台は神在月《かみありづき》の出雲《いずも》。去年の十月、編集部のご厚意で、二泊三日の取材旅行に連れていっていただきました。

初日が米子《よなご》と境港《さかいみなと》の水木《みずき》しげる記念館。駅から記念館までの水木しげるロードにずらりと並ぶ妖怪のブロンズ像は思っていたより小さかったけど、どれも可愛《かわい》かったです。写真も撮りまくりました。

翌日は出雲大社《たいしや》と稲佐《いなさ》の浜《はま》、旧国鉄大社駅。

出雲大社には、神在月に集まってきた八百万《やおよろず》の神々が宿泊する場所というのがちゃんとあるのです。ちなみに、祭神は大国主命《おおくにぬしのみこと》。大黒《だいこく》さまです。そんなわけで、境内には大黒さまと、ちょっとイッちゃった目の因幡《いなば》の白兎《しろうさぎ》の銅像がいます（笑）。

三日目は松江《まつえ》。風景も建物も美しくて、しっとりした心安らぐ街でした。出雲は、本当に「日本の心の故郷」という気がします。機会がありましたら、また行きたいです。同行してくださった編集部のMさん、本当にありがとうございました。


ところで、八百万の神々による神議《かむはか》りの舞台となる出雲大社の上宮《かみのみや》ですが、本文中では出雲大社のなかにあると書きましたが、実際は出雲大社の西、八百メートルのところにあります。また、神議りの様子はフィクションです。鶺鴒《せきれい》の陣も実在しません。すみません。


ドラマCDのこと。

今年の三月に、サイバーフェイズさんからドラマCD『鬼《き》の風水《ふうすい》』シリーズ第一巻『薫―KAORU―』、六月には第二巻『卓也―TAKUYA―』が発売されました。

おかげさまで、どちらも順調のようです。ありがとうございました。
この秋には、第三巻『透子―TOUKO―』も発売されるそうです。くわしいことは、私のHP「猫の風水」（PC版）と「仔猫《こねこ》の風水」（携帯版）でご確認ください。
「猫の風水」http://www003.upp.so-net.ne.jp/jewel_7/
「仔猫の風水」http://k.excite.co.jp/hp/u/greentea99
なお、電子文庫版『鬼の風水』も第六巻『追儺―TSUINA―』が電子文庫パブリでダウンロードできるようになりました。パブリのアドレスはこちら。
http://www.paburi.com/paburi/publisher/kd/index.shtml

次回、八巻目で物語は東京に戻ってきます。忍《しのぶ》と香司《こうじ》の出会いから一年。再び、香司の誕生日がめぐってくる……。

ところが、誕生日の朝、御剣《みつるぎ》家に香司の父、倫太郎《りんたろう》の怒号が響きわたる。

――おまえなど勘当《かんどう》だ！　出て行け、香司！

――出て行きます。こんな家、こっちから願い下げです！

御剣家を飛び出す香司。「女に見える呪《のろ》い」を解くため、御剣家に残らねばならない忍。

（香司……なんでこんなことに……）

一方、虎視眈々《こしたんたん》と機会をうかがう手負いの鏡野継彦《かがみのつぐひこ》。

——御剣香司が、松浦忍《まつうら》の側《そば》を離れた。この機会を逃すわけにはいかぬ。守りの薄い今こそ、松浦忍を襲い、生玉《いくたま》を奪って術をかけ、永久に支配してくれる。

一方、忍と香司のあいだにもトラブルが発生する。なんと、都内の香司のマンションに通う忍の姿が写真週刊誌で大きく報じられてしまったのだ。

それをきっかけに、人気モデル、伽羅《きゃら》のスキャンダルが噴出する。

——なんだよ、この女優との熱愛発覚って!? こっちのアイドルとの朝帰りはっ!? どういうことだよ、香司!?

——信じられるかよ!

——俺を信じろ。

破局の予感に震える忍。そんな二人をさらに引き裂くように、事件がおこる……!

……というようなお話です。ご期待ください。

最後になりましたが、いつも素敵なイラストを描《か》いてくださる穂波《ほなみ》ゆきね先生、本当にありがとうございます。今回のカバーイラストも楽しみにしております。

そして、この本をお手にとってくださった、あなたに。

ありがとうございます。楽しんでいただけたら、うれしいです。

それでは、ますます盛り上がる『少年花嫁《ブライド》』第八巻で、またお会いしましょう。

岡野麻里安《おかのまりあ》

岡野麻里安《おかのまりあ》先生の「少年花嫁《ブライド》」シリーズ第七弾『虹と雷《いかずち》の鱗《うろこ》』、いかがでしたか？

岡野麻里安先生、イラストの穂波《ほなみ》ゆきね先生への、みなさんのお便りをお待ちしております。

岡野麻里安先生へのファンレターのあて先

〒112-8001　東京都文京区音羽2-12-21　講談社　X文庫「岡野麻里安先生」係

穂波ゆきね先生へのファンレターのあて先

〒112-8001　東京都文京区音羽2-12-21　講談社　X文庫「穂波ゆきね先生」係

N.D.C.913　302p　15cm

岡野麻里安（おかの・まりあ）

講談社X文庫

10月13日生まれ。天秤座のA型。仕事中のBGMはB'zが中心。紅茶と映画が好き。流行に踊らされやすいので、世間で流行っているものには、たいていはまっている。著書に『蘭の契り』（全3巻）、『蘭の契り　青嵐編』（全4巻）、『桜を手折るもの』（全4巻）、『七星の陰陽師』に続く『七星の陰陽師　人狼編』（全4巻）、『鬼の風水　外伝』（2巻）がある。本書は『少年花嫁《ブライド》』シリーズ第7弾。

white heart

虹《にじ》と雷《いかずち》の鱗《うろこ》　少年花嫁《しょうねんブライド》
岡野麻里安《おかのまりあ》
●
2006年8月5日　第1刷発行

定価はカバーに表示してあります。

発行者――野間佐和子
発行所――株式会社　講談社
東京都文京区音羽2-12-21 〒112-8001
電話　編集部　03-5395-3507
販売部　03-5395-5817
業務部　03-5395-3615
本文印刷―豊国印刷株式会社
製本―――株式会社千曲堂
カバー印刷―半七写真印刷工業株式会社
本文データ制作―講談社プリプレス制作部
デザイン―山口　馨

ISBN4-06-255893-9